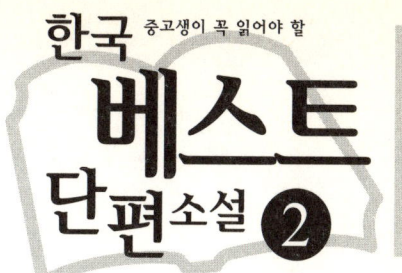

한국 **베스트** 중고생이 꼭 읽어야 할 단편소설 ❷

초판인쇄 2006년 11월 20일
초판발행 2006년 11월 25일
지은이 | 나도향 외
펴낸이 | 조병훈
마케팅 | 심홍보
펴낸 곳 | 도서출판 새희망
출판등록 | 제38-2003-00076호
주소 | 서울시 동대문구 제기동 1157-3
전화 | 02-923-6788 팩스 | 02-923-6719
전자우편 | jobooks@hanmail.net
ISBN | 89-90811-12-0   03860

＊잘못된 책은 바꿔드립니다.

한국 중고생이 꼭 읽어야 할
베스트
단편소설 ②

새희망

* 머리말 *

　아이는 청소년이 되면서 세상에 눈을 뜨기 시작한다. 현시대야 인터넷 정보통신과 매스컴의 발달도 인해 사회 정치 경제 문화 등을 두루두루 엿보게 되고 나아가서는 참여하고 이해하게 된다. 하지만 흘러간 시간, 즉 우리의 역사를 조명해볼 수 있는 가장 손쉬운 방법은 다름아닌 문학이다.
　문학 중에서도 소설은 사실 또는 개연성에 입각하여 탄생하는 창작물이 주를 이룬다. 이에 따라 우리나라의 문학사중 1920년대 초부터 6·25 전쟁 이전까지는 수많은 단편소설들이 다수의 작가들에 의해 탄생했다. 특히 이 시기는 일제 치하의 암울했던 시기인 만큼 작품들의 다수가 시대 상황에 대한 묘사에 철저한 편이다. 따라서 1930년대는 가장 모멸된 식민지의 절정이었음에도 불구하고 한국 저항문학의 르네상스기로 불린다.
　이뿐만이 아니다. 이 시대 작품들은 국내외에서 신학문을 받아들인 젊은 작가들의 실험정신 또한 강하게 나타났다. 따라서

   자연주의 사실주의 낭만주의 심미주의 염세주의 등 다양한 장르의 단편소설들이 대거 등장하면서 우리나라 단편의 미학을 토착화시키는 한편 문학적 뿌리를 굳건하게 했다.
   우리의 단편소설은 살아있는 역사교과서이고 정신적 풍요와 사고의 깊이를 일깨워주는 더할 나위 없이 좋은 시대와 인생의 파노라마 같은 것이다. 70~80여년전 우리 선조들의 모습을 통해 그 시대 역사와 문화 그리고 각계각층의 사람들의 모습을 짚어보는 것은 바로 단편소설을 통해서 가능해질 것이다.
   한편 이 책에 실린 35편의 단편소설들은 단지 학교 공부나 지식을 쌓기 위한 작품으로서만이 아니라 대한민국 국민의 한사람이라면 누구나 한번쯤은 읽어야만 되는 한국문학의 백미로서의 가치를 지니고 있다고 해도 과언이 아닐 것이다.

   2006. 11. 15 남정미……

* 차례 *

나도향_ 물레방아   9

이 상_ 날개   31

이효석_ 메밀꽃 필 무렵   63

_ 산   81

최서해_ 탈출기   91

물레방아

나도향

✦ 작가 소개

나도향(1902~1927)

본명은 경손으로 의사 출신인 아버지 성연(聖淵)의 맏아들로 서울에서 태어났다. 1917년 공옥학교를 거쳐, 1917년 배재고등보통학교를 졸업하였다. 같은 해 경성의학전문학교에 입학하였으나 문학에 뜻을 두고 있었다. 젊은 시절부터 문학 중독에 걸렸던 도향은 학교 공부는 통 하지 않고 소설, 시집만을 밤새워 읽었다고 한다. 곧잘 습작들을 신문에 투고하기도 하고 〈문우(文友)〉란 잡지를 손수 만들어도 보았다. 당시 무르익기 시작하던 일본 문단에 크게 자극받은 그는 육당이나 춘원의 작가 활동이 부러워서 일본으로 문학 공부를 위해 떠났다. 하지만 엄격한 그의 조부가 그를 절대로 도와주지 않아 하는 수 없이 귀국하게 되었고 1920년 경상북도 안동에서 보통학교 교사로 근무하였다.

이것이 계기가 되어 나도향은 방랑 생활을 남달리 즐겼다. 백조사에서 몇 달씩 묵기도 하고 서울 있으면서도 여관 살림을 하기가 일쑤였다. 한때는 계명구락부에서 〈계명〉의 편집도 하고 안동으로 가서 교편을 잡았다고 한다.

나도향은 1921년 4월 〈배재학보〉에 처녀작 「출학」을 발표하였고 **1922년 현진건(玄鎭健)·홍사용(洪思容)·이상화(李相和)·박종화(朴鍾和)·박영희(朴英熙) 등과 함께 〈백조(白潮)〉 동인으로 참여하여 창간호에 「젊은이의 시절」을 발표**하면서 작가생활을 시작하였다. 같은 해에 「별을 안거든 우지나 말걸」에 이어 11월부터 장편 「환희(幻戱)」를 〈동아일보〉에 연재하는 한편, 「옛날의 꿈은 창백(蒼白)하더이다」를 발표하였다. 〈동아일보〉에 실은 장편 「환희(幻戱)」는 19세의 소년 작가로 일약 문단의 총아로 주목받게 되는 계기가 되었다.

1923년에는 「은화백동화(銀貨白銅貨)」, 「17원 50전(十七圓五十錢)」, 「행랑자식」을, 1924년에는 「자기를 찾기 전」, 1925년에는 **「벙어리 삼룡(三龍)이」, 「물레방아」, 「뽕」 등을 발표**하였다. 1926년 다시 일본에 갔다가 귀국한 뒤 1년 만에 폐병으로 25세라는 짧은 생을 마쳤다.

❃ 작품 세계

　요절 작가, **천재적인 작가, 혹은 미완성의 작가로 평가**되는 나도향은 불과 6~7년의 짧은 문학 활동 시기와 적은 작품만을 남긴 아쉬운 작가다.
　초기에는 작가의 처지와 비슷한 예술가 지망생들로서 주관적 감정을 토로하는 데 그쳐, 객관화된 '나'로 형상화되지 못한 인물들이 주류를 이루는 일종의 습작기 작품들을 발표하였다. 처음 문학 활동을 시작하게 된 〈백조〉의 성격을 봐도 알 수 있듯이 나도향은 낭만주의자로서의 문학을 시작했다. 그는 문학을 통하여 가장 순수한 감정의 향유 그 자체를 노렸다. 순결, 고독, 그리움 등과 같은 이런 원초적인 감정 그 자체를 그는 예술이라고 믿고 또 그 세계를 그리고자 했던 것이다. 「젊은이의 시절」, 「별을 안거든 우지나 말 걸」 등과 같은 **초기 작품을 보면 그러한 환상적이고 감상적이며, 낭만주의적 경향**들을 쉽게 파악할 수 있다.
　그러나 1923년에 발표한 「여이발사」에서는 사소한 사건을 예리하게 관찰하는 냉철한 시선을 확보함으로써 조그마한 허위의식까지도 용납하지 않는 작가의식의 변화를 보여준다. 계속하여 「행랑자식」, 「자기를 찾기 전」 등을 고비로 빈곤의 문제 등 차츰 냉혹한 현실과 정면으로 대결하여 극복의지를 드러내는 주인공들을 내세움으로써, 초기의 낭만주의적 경향을 극복하고 사실주의로의 변모를 보여준다.
　그 변모의 현실화로 나타난 작품이 **대표작으로 꼽히는 「벙어리 삼룡이」, 「물레방아」, 「뽕」 등의 작품이다. 이 작품들에는 본능과 물질에 대한 탐욕 때문에 갈등하고 괴로워하는 인간들의 모습이 객관적 사실묘사에 의하여 부각**되어 있다. 신분이나 계층 문제, 가난 등 현실적인 문제들을 다룸으로써 작품의 긴장을 잃지 않고 있으면서도, 그 속에는 애욕적이고 성(性)적인 본능의 문제를 다루고 있다. 당대 현실과 사회를 부정적으로 예리하게 묘사하였다는 점과 등장인물의 치밀한 성격 창조를 기반으로 한국농촌의 현실과 풍속을 보였다는 관점에서 1920년대 한국소설의 전원적 사실주의로 꼽히기도 한다.

📖 줄거리

　마을에서 가장 부자요, 세력 있는 신치규는 자기 집 막실에 사는 이방원의 아내에게 눈독을 들인다. 오십 줄에 들어선 그는 이제 갓 스물을 넘긴 아낙을 물레방앗간 옆으로 불러내어 갖은 말로 꾄다. 그에게로 와서 아들 하나만 낳아 주면 막실 신세를 면할 뿐 아니라 모든 것이 다 그녀의 것이 될 것이라고 하자, 가난에 지친 데다 윤리 의식이 박약한 그녀는 신치규와 물레방앗간 안으로 들어간다.
　두 사람이 물레방앗간에서 같이 나오는 것을 목격한 이방원은 사태를 짐작하고 부부싸움을 벌이는데 이때 그는 자신의 아내를 감싸는 신치규를 구타한다.
　이방원은 상해죄로 구속되어 석 달간 복역하게 되고, 신치규는 여자를 차지하게 된 것을 만족해 한다. 출감한 이방원은 분김에 그들을 살해할 생각이었으나 마지막으로 한번 더 아내의 본심을 물어 본다. 그러나 이미 마음이 떠난 아내는 같이 도망치자는 이방원의 간청을 거절한다. 결국 그는 아내를 죽이고 자살한다.

🕐 작품 분석

　「물레방아」는 나도향의 대표작의 하나로 꼽힌다. 이 작품은 계급적 갈등의 요소와 인간 본능의 문제를 비중있게 다루고 있다.

이 작품은 **가난과 운명의 문제, 본능의 문제, 물질적 탐욕의 문제**가 복합적으로 얽히면서 현실의 어두운 면모와 함께 **인간의 추악성**이 제시되고 있다. 물질적인 탐욕에 눈이 어두워 신치규의 유혹에 쉽게 넘어가는 방원 처의 행동은 인간성의 타락을 나타낸다. 지주의 유혹에 쉽게 빠져 들면서도 남편에게는 잔혹할 만큼 냉담한 모습을 보여 주는 그녀는 가난이 윤리적인 면에 얼마나 커다란 영향을 줄 수 있는가를 보여주는 것으로, 그녀의 죽음은 지나친 욕망과 그에 따른 윤리적인 타락에서 연유한 결과라고 할 수 있다.

또한 신치규에 대한 복수나 증오보다는 아내에 대한 본능적인 질투심과 충동으로 비극적 결말을 맞이하는 방원의 추악하고 야수적인 행동이 리얼하게 나타나 있다는 점도 이 소설이 본능적 욕육과 물질의 탐욕이 빚어내는 인간성의 타락상에 그 초점을 맞추고 있다.

탐욕의 파탄을 주조로 한 이 「물레방아」는 식민지 시대 우리 나라 농촌의 구조적 가난과 전통적인 성(性)윤리 의식의 변질이 맞물려 빚는 갈등, 그리고 그 갈등이 고조되어 죽음으로 종결되는 과정을 잘 보여 주고 있다. 특히, 이 작품에서는 돈과 인간 본능의 함수 관계에 대한 작가의 인식과 관찰이 돋보이며, 당시 농촌의 경제와 에로티시즘의 상징물인 동시에 자연의 일부로서의 '물레방앗간' 이란 배경 설정이 이 작품의 성공에 크게 기여한 것으로 보인다.

✄ 작품 개요

출전 : 〈조선문단〉 (1925년).
구성 : 순행적 구성.
시점 : 전지적 작가 시점.
주제 : 본능적인 육욕(肉慾)과 물질적 탐욕이 빚어낸 인간성의 타락.
표현의 성격 : 사실주의.

☞ 주요 인물 분석

이방원 : 지주(地主)인 신치규 집에서 막실살이를 하는 우직하고 순박한 농사꾼.
이방원의 아내 : 물욕(物慾)이 강한 여성.
신치규 : 방원의 상전이며 나이 오십이 넘은 탐욕스런 늙은이.

ⓒ 시간과 공간

시간 : 일제 강점기.
공간 : 농촌.

물레방아

1

덜컹덜컹 홈통에 들었다가 다시 쏟아져 흐르는 물이 육중한 물레방아를 번쩍 쳐들었다가 쿵 하고 확[1] 속으로 내던질 제, 머슴들이 콧소리는 허연 겟가루가 켜켜이 앉은 방앗간 속에서 청승스럽게 들려나온다. 쏼쏼 쏼, 구슬이 되었다가 은가루가 되고 댓줄기같이 뻗치었다가 다시 쾅쾅 쏟아져 청룡이 되고 백룡이 되어 용솟음쳐 흐르는 물이 저쪽 산모퉁이를 십 리나 두고 돌고 다시 이쪽 들 복판을 오 리쯤 꿰뚫은 뒤에, 이방원(李芳源)이가 사는 동네 앞 기슭을 스쳐 지나가는데 그 위에 물레방아 하나가 놓여 있다. 물레방아에서 들여다보면 동북간으로 큼직한 마을이 있으니, 이 마을에서 가장 부자요 가장 세력이 있는 사람으로 그 이름을 신치규(申治圭)라고 부른다. 이방원이라는 사람은 그 집의 막실(幕室)살이[2]를 하여 가며 그의 땅을 경작하여 자기 아내와 두 사람이 그날, 그날을 지내간다. 어떤 가을밤, 유난히 밝은 달이 고요한 이 촌을 한적하게 비칠 때, 그 물레방앗간 옆에 어떤 여자 하나와 어떤 남자 하나가 서서

1 확 : 절구의 아가리로부터 밑바닥까지 팬 곳.
2 막실(幕室)살이 : 머슴살이.

이야기를 하는 소리가 들리었다. 그 여자는 방원의 아내로 지금 나이가 스물두 살, 한창 정열에 타는 가슴으로 가장 행복스러울 나이의 젊은 여자요, 그 남자는 오십이 반이 넘어 인생으로서 살아올 길을 다 살고서 거의거의 쇠멸3의 구렁텅이를 향해 가는 늙은이다. 그의 말소리는 마치 그 여자를 달래는 것같이,

"얘, 내 말이 조금도 그를 것이 없지? 쉰네 할멈에게서도 자세히 말은 들었을 테지만, 너 생각해 보아라. 네가 허락만 하면 무엇이든지 네가 허구 싶다는 것을 내가 전부 해줄 테란 말야. 그까짓 방원이 녀석하고 네사 몇백 년 살아야 언제든지 막실 구석을 면하지 못할 테니……. 허허, 사람이란 젊어서 호강해 보지 못하면 평생 한번 해보지 못하고 죽을 것이 아니냐. 내가 말하는 것이 조금도 잘못한 것이 없느니라! 대강 네 말을 쉰네 할멈에게서 듣기는 들었으나 그래도 네겐 한번 바로 대고 듣는 것만 못해서 이리로 만나자로 한 것이다. 네 마음은 어떠냐? 어디, 허허, 내 앞이라고 조금도 어떻게 알지 말고 이야기해 봐, 응?"

이 늙은이는 두말할 것 없이 신치규다. 그는 탐욕스러운 눈으로 방원의 계집을 들여다보며 한 손으로 등을 두드린다. 새침한 얼굴이 파르족족하고 기다란 눈썹과 검푸른 두 눈 가장자리에 예쁜 입, 뾰로통한 뺨이며 콧날이 오똑한데다가 후리후리한 키에 떡 벌어진 엉덩이가 아무리 보더라도 무섭게 이지적(理智的)인 동시에 또는 창부형(娼婦型)으로 생긴 것이다. 계집은 아무 말이 없이 서서 짐짓 부끄러운 태를 지으며 매혹적인 웃음을 생긋 웃고는 고개를 돌렸다. 그 웃음이 얼마나 짐승 같은 신치규의 만족을 사게 되었으며, 또는 마음을 충동시켰는지 희끗희끗한 수염이 거의 계집의 뺨에 닿도록 더 가까이 와서,

---

3 쇠멸(衰滅) : 쇠퇴하여 없어짐.

"응? 왜 대답이 없니? 부끄러워서 그러니? 그렇게 부끄러워할 일은 아닌데."

하고 계집의 손을 잡으며,

"손도 이렇게 예쁜 줄은 이제까지 몰랐구나. 참 분결같다. 이렇게 얌전히 생긴 애가 방원 같은 천한 놈의 계집이 되어 일평생을 그대로 썩는다는 것은 너무 가엾고 아깝지 않느냐? 얘."

계집은 몸을 돌리려고 하지도 않고 영감이 하는 대로 내버려 두며 눈으로 땅만 내려다보고 섰다가 가까스로 입을 떼는 듯하더니,

"제 말야 모두 쇤네 할멈이 여쭈었지요. 저에게는 너무 분수에 관한 말씀이니까요."

"온, 천만에 소리를 다 하는구나. 그게 무슨 소리냐? 너도 알다시피 내가 너를 장난삼아 그러는 것도 아니겠고, 후사(後嗣)[4]가 없어 그러는 것이니까 네가 내 아들이나 하나 낳아 주렴. 그러면 내 것이 모두 네 것이 되지 않겠니? 자아, 그러지 말고 오늘 허락을 하렴. 그러면 내일이라도 방원이란 놈을 내쫓고 너를 불러들일 테니."

"어떻게 내쫓을 수가 있어요?"

"허어, 그게 그리 어려울 게 뭐 있니……. 내가 나가라는데 제가 안 나가고 배길 줄 아니?"

"그렇지만 너무 과하지 않을까요?"

"무엇? 그런 생각을 하니까 네가 이 모양으로 이때까지 있었지. 어떻단 말이냐? 그런 것은 조금도 염려하지 말구, 자아 또 네 서방에게 들킬라, 어서 들어가자."

"먼저 들어가세요."

---

4 후사(後嗣) : 대를 잇는 아들. 후승(後承).

"왜? 남이 보면 수상히 알게요."

"뭘, 나한테 가는데 수상히 알 게 뭐야…… 어서 가자."

계집은 천천히 두어 걸음 따라가다,

"영감!"

하고 머츰하고 서 있다.

"왜 그러니?"

계집은 다시 말없이 서 있다가,

"아니에요."

하고,

"먼저 들어가세요." 하고 돌아선다. 영감이 간이 달아서 계집의 손을 잡으며,

"가자, 집으로 들어가자."

그의 가슴은 두근거리는 숨소리가 잦아진다. 계집은 손을 빼려고 하며,

"점잖으신 어른이 이게 무슨 짓이에요."

하면서도 그 몸짓은 모든 것을 허락한다는 뜻이 보였다. 영감은 계집의 몸을 끌어안더니 방앗간 뒤로 돌아 들어섰다. 계집은 영감 가슴에 안겨 정욕이 가득 찬 눈으로 그를 보면서,

"영감."

말 한마디 하고 침 한 번 삼키었다.

"영감이 거짓말은 안 하시지요?"

"아니."

그의 말은 떨리었다. 계집은 영감의 팔을 한 손으로 잡고 한 손으로는 방앗간 속을 가리켰다.

"저리로 들어가세요."

영감과 계집은 방앗간에서 이삼십 분 후에 다시 나왔다.

2

　사흘이 지난 뒤에 신치규는 방원이를 자기 집 사랑의 마루 앞으로 불렀다.
"애."
　방원은 상전이라 고개를 숙이고,
"예."
　공손하게 대답을 하였다.
"네가 그간 내 집에서 정성스럽게 일을 한 것은 고마운 일이지마는……."
　점잔과 주짜를 빼면서[5] 신치규는 말을 꺼내었다. 방원의 가슴은 이 '마는' 이라는 말 뒤에 이어질 말을 미리 깨들은 듯이 온몸의 피가 가슴으로 모여드는 듯하더니 다시 터럭[6] 이라는 터럭은 전부 거꾸로 일어서는 듯하였다.
"오늘부터는 우리 집에 사정이 있어 그러니, 내 집에 있지 말고 다른 곳에 좋은 곳을 찾아가 보아라."
　아무 조건도 없다. 또는 이곳에서도 할 말이 없다. 죽으라고 하면 죽는 시늉이라도 해야 하는 것이다. 주인은 돈 가지고 사람을 사고 팔 수도 있는 것이다. 방원은 가슴이 답답하였다. 자기 혼자 몸 같으면 어디 가서 어떻게 빌어먹더라도 살 수가 있지마는 사랑하는 아내를 구해 갈 길이 막연하다. 그는 고개를 굽히고 허리를 굽히고 나중에는 마음을 굽히어 사정도 하여 보고 애걸도 하여 보았다. 그러나 그것은 헛된 일이다. 주인의 마음은 쇠나 돌보다 더 굳었다.

---

5 주짜를 빼면서 : 점잔을 빼고 예의있는 척 하면서.
6 터럭 : 사람이나 짐승의 몸에 난 길고 굵은 털.

그는 하는 수 없이 자기 아내에게 그 이야기를 하였다. 그리고 아내더러 안주인 마님께 사정을 좀 하여 얼마간이라도 더 있게 해달라고 하여 보라고 하였다. 그러나 아내는 방원의 말을 들릴 리가 없었다. 도리어,

"그러면 어떻게 한단 말이요. 이제부터는 나를 어떻게 먹여 살릴 테요?"

"너는 그렇게도 먹고 살 수가 없을까 봐 겁이 나니?"

"겁이 나지 않고. 생각을 해 보구려. 인제는 꼼짝할 수 없이 죽지 않았소?"

"죽어?"

"그럼 임자가 나를 데리고 이곳까지 올 때에 무엇이라고 하였소. 어떻게 해서든지 너 하나야 먹여 살리지 못하겠느냐고 하셨지요?"

"그래."

"그래, 얼마나 나를 잘 먹여 살리고 나를 호강시켰소? 이때까지 이태나 되도록 끌구 돌아다닌 것이 남의 집 행랑이었지요."

"얘, 그것을 네가 모르고 하는 말이냐? 내가 하려고 하지 않아서 그렇게 된 것이냐? 차차 살아가는 동안에 무슨 일이든지 생기겠지. 설마 요 대로 늙어 죽기야 하겠니?"

"듣기 싫소! 뿔떨어지면 구워 먹지, 어느 천년에."

방원이는 가뜩이나 내쫓기고 화가 나는데 계집까지 그리하니까 속에서 열화가 치밀어 올라왔다.

"이 육시를 하고도 남을 년! 남의 마음을 글컹거리니[7]?"

"왜 사람에게 욕을 해!"

"이년아, 욕 좀 하면 어떠냐?"

"왜 욕을 해!"

계집의 얼굴이 노래지며 대든다.

---

7 글컹거리다 : 남의 심사를 긁어 상하게 하다.

"이년이 발악인가?"

"무엇이 더러워? 너는 얼마나 정한 놈이냐!"

계집의 입 속에서는 '놈' 소리가 나오기 시작한다.

"이년 보게! 누구더러 놈이래."

하고 손길이 계집의 낭자를 후려잡더니 그대로 집어 들고 두어 번 주먹으로 등줄기를 우리었다.

"이 주랫대를 안길 년!"

발길이 엉덩이를 두어 번 지르니까 계집은 그대로 거꾸러졌다가 다시 일어났다. 풀어 해트린 머리가 치렁치렁 끌리고 씰룩한 눈에는 독기가 섞이었다.

"왜 사람을 치니? 이놈! 죽여라 죽여, 어디 죽여보아라, 이놈 나죽고 너 죽자!"

하고 달려드는 계집을 후려쳐서 거꾸러뜨리고서,

"이년이 죽으려고 기를 쓰나!"

방원이가 계집을 치는 것은 그것이 주먹을 가지고 하는 일종의 농담이다. 그는 주먹이나 발길이 계집의 몸에 닿을 때 거기에 얻어맞는 계집의 살이 아픈 것보다 더 찌르르하게 가슴 한복판을 찌르는 아픔을 방원은 깨닫는 것이다. 홧김에 계집을 치는 것이 실상은 자기의 마음을 자기의 이빨로 물어뜯는 것이나 다름이 없는 것이다. 때리는 그에게는 몹시 애처로움이 있고 불쌍함이 있는 것이다. 그러나 자기의 화풀이를 받아주는 사람은 아직까지도 계집밖에는 없었다. 제일 만만하다는 것보다도 가장 마음 놓고 화풀이할 수 있음이다. 싸움한 뒤 하루가 못 되어 두 사람이 베개를 나란히 하고 서로 꼭 끼고 잘 때에는 그렇게 고맙고 그렇게 감격이 일어나는 위안이 또다시 없음이다. 계집을 치고 화풀이를 하고 난 뒤에 다시 가슴을 에는 듯한 후회와 더 뜨거운 포옹으로 위로를 받을 그 때에는 두 사람 아니라 방원에게는 그만큼 힘 있고 뜨거운 믿음이 또다시 없는 까닭이다.

계집은 일부러 소리를 높여서 꺼이꺼이 운다. 온 마을 사람들이 거의 귀를 기울였으나,

"응, 또 사랑싸움을 하는군!"

하고 도리어 그 싸움을 부러워하였다. 옆집 젊은 것이 와서 싱글벙글 웃으며 들여다보며,

"인제 고만두라구."

하며 말리는 시늉을 한다. 동네 아이들만 마당 앞에 죽 들어서서 눈들이 뚱그래서 구경을 한다.

3

그날 저녁에 방원이는 술이 얼근하여 들어왔다. 아까 계집을 차던 마음은 어느덧 풀어지고 술로 흥분된 마음에 그는 계집의 품이 몹시 그리워져서 자기 아내에게 사과를 할 마음까지 생기었다. 본시 사람이 좋고 마음이 약하고 다정한 그는 무식하게 자라난 까닭에 무지한 짓을 하기는 하나, 그것은 결코 그의 성격을 말하는 무지함이 아니다. 그는 비척거리면서 집으로 향하는 길에 거슴츠레하게 풀린 눈을 스르르 내리감고 혼잣소리로,

"빌어먹을 놈! 나가라면 나가지 무서운가? 제 집 아니면 살 곳이 없는 줄 아는 게로군! 흥, 되지 않게 다 무엇이냐? 돈만 있으면 제일이냐? 이놈, 네가 그러다가는 이 주먹맛을 언제든지 볼라. 그대로 곱게 뒈질 줄 아니."

하고 개천을 하나를 건너 띈 후에,
"돈! 돈이 무엇이냐?"
한참 생각하다가,
"에후."
한숨을 쉬고 나서,
"돈이 사람을 죽이는구나! 돈! 돈! 흥, 사람 나고 돈 났지 돈 나고 사람 났니?"
또 징검다리를 비척비척하고 건넌 뒤에,
"배라먹은[8] 년이 왜 그렇게 포달을 부려서 장부의 마음을 긁어 놓아!"
그의 목소리에는 말할 수 없이 다정한 맛이 있었다. 그는 자기 계집을 생각하면 모든 불평이 스러지는 듯이 숙였던 고개를 쳐들어 하늘을 보면서
"허어, 저도 고생은 고생이지."
하고 다시 고개를 숙인 후,
"내가 너무 해. 너무 그럴 게 아닌데."
그는 자기 집에 와서 문고리를 붙잡고 흔들면서,
"얘! 자니! 자?"
그러나 대답이 없고 캄캄하다.
"이년이 어디를 갔어!"
그는 문짝을 깨어져라 하고 닫은 후에 다시 길거리로 나와 그 옆집으로 가서,
"여보 아주머니! 우리 집 색시 어디 갔는지 보았소?"
밥들을 먹는 옆집 내외는.

---

8 배라먹다 : 남에게 빌어먹다, 여기서는 욕으로 쓰인다.

"어디서 또 취했소그려! 애 어머니가 아까 머리단장을 하더니 저 방아 께로 갑디다."

"방아께로."

"네."

"빌어먹을 년! 방아께로는 뭘 먹으러 갔누!"

다시 혼자 방아를 향하여 가면서 혼자 중얼거린다. 그는 방앗간을 막 돌아서자 신치규와 자기 아내가 방앗간에서 나오는 것을 보았다.

'아!'

그는 너무 뜻밖의 일이므로 아무 말도 못하고 그래도 한참이나 멀거니 서서 보기만 하였다.

그이 눈에서는 쌍심지가 거꾸로 섰다. 열이 올라와서 마치 주홍을 칠한 듯이 그의 눈은 붉어지고 번개 같은 광채가 번뜩거리었다. 그는 한참이나 사지를 떨었다. 두 이가 서로 맞춰서 달그락달그락하여졌다. 그의 주먹은 부서질 것같이 단단히 쥐어졌다.

계집과 신치규는 방원이 와 선 것을 보고서 처음에는 조금 간담이 서늘하여졌으나 다시 태연하게 내려앉았다. 일이 이렇게 되었으매 할대로 하라는 뜻이다.

방원은 달려들어서 계집의 팔목을 잡았다. 그리고 이를 악물고 부르르 떨었다.

"나는 네가 이럴 줄은 몰랐다."

계집은,

"뭘 이럴 줄을 몰라?"

하며 파란 눈을 흘겨보더니,

"나중에는 별꼴을 다 보겠네. 으레 그럴 줄은 인제 알았나? 놔요! 왜 남의 팔을 잡고 요 모양이야. 오늘부터는 나를 당신이 그리 함부로 하지는 못해요! 더러운 녀석 같으니! 계집이 싫다고 그러면 국으로[9] 물러갈 일이지, 이제 무슨 사내답지 못한 일야! 놔요!"

팔을 뿌리쳤으나 분노가 전신에 가득 찬 그는 그렇게 쉽게 손을 놓지 않았다.

"얘! 네가 이것이 정말이냐?"

"정말이 아니구, 비싼 밥 먹고 거짓말할까?"

"네가 참으로 환장을 했구나!"

"아니, 누구더러 환장을 했대? 온 기가 막혀 죽겠지! 놔요! 놔! 왜 추근추근하게 이 모양이야? 놔."

하고는 힘껏 뿌리치는 바람에 계집의 손이 쑥 빠지었다. 계집은 손목을 주무르면서 암상궂게[10] 돌아섰다.

이때까지 이 꼴을 멀찍이 서서 보고 있던 신치규는 두어 발자국 나서더니 기침 한 번을 서투르게 하고서,

"얘! 네가 술이 취했으면 일찍 들어가 자든지 할 것이지 웬 짓이냐? 네 눈깔에는 아무것도 보이는 것이 없단 말이냐? 너희 연놈이 싸운 것은 너희 연놈이 어디든지 가서 할 일이지 여기 누가 있는지 없는지 눈깔에 보이는 것이 없어? 엣, 괘씸한 놈!"

눈깔을 부라리었다.

방원은 한참이나 쳐다볼 뿐 말이 없었다. 생각대로 하면 한 주먹에 때려눕힐 것이지마는 그러나 그의 머리 속에는 아까까지의 상전이라는 관념이 남아 있었다. 번갯불같이 그 관념이 그의 입과 팔을 얽어 놓았다. 어려서부터 오늘날까지 남을 섬겨보기만 한 그의 마음은 상전이라면 모두 두려워하는 성질을 깊이깊이 뿌리를 박아 놓았다. 그러나 오늘부터

---

9 국으로 : 잠자코.
10 암상궂다 : 남을 미워하고 샘을 내는 것이 심한 모양.

는 신치규가 자기의 상전이 아니요, 자기가 신치규의 종도 아니다. 다만 똑같은 사람으로 서로 마주섰을 뿐이다. 아니다, 지금부터는 신치규도 방원의 원수였다. 그의 간을 씹어 먹어도 오히려 나머지 한이 있는 원수다.

신치규는 똑바로 쳐다보는 방원을 마주 쳐다보며,

"똑바로 쳐다보면 어쩔 테냐? 온, 세상이 망하려니까 별 해괴한 일이 다 많거든. 어째 이놈아!"

"이놈아?"

방원은 한 걸음 들어섰다. 나무같이 힘센 다리가 성큼 하고 나설 때 신치규는 머리끝이 오싹하였다. 쇠몽둥이 같은 두 주먹이 쑥 앞으로 닥칠 때 그의 가슴은 덜컥 내려앉았다.

"네 입에서 이놈이라는 소리가 나오니? 이 사지를 찢어발겨도 오히려 시원치 못할 놈아! 네가 내 계집을 빼앗으려고 오늘 날더러 나가라고 그랬지?"

"어허, 이거. 그놈이 눈깔이 삐었군. 애, 나는 먼저 들어가겠다. 너는 네 서방하구 나중 들어오너라."

신치규는 형세가 위험하니까 슬금슬금 꽁무니를 빼려고 돌아서서 들어가려 하니까, 방원은 돌아서는 신치규의 멱살을 잔뜩 쥐어 한 팔로 바싹 치켜들고,

"이놈 어디를 가? 네가 이때까지 맛을 몰랐구나!"

하며 한 번 집어쳐 땅바닥에다가 태질을 한 뒤에 그대로 타고 앉아서 목줄띠[11]를 누르니까, 마치 뱀이 개구리를 잡아먹을 적 모양으로 꺽꺽 소리가 나며 말 한마디도 못한다.

---

11 목줄띠 : 목구멍에 있는 힘줄.

"이놈, 너 죽고 나 죽으면 고만 아니냐?"

하고 방원은 주먹으로 사정없이 닥치는 대로 들이댄다. 나중에는 주먹이 부족하여 옆에 있는 모루돌멩이를 집에서 죽어라 하고 내리친다. 그의 팔, 그의 몸에 끓어오르는 분노가 극도에 달하자 사람의 가슴 속에 본능적으로 숨어 있는 잔인성(殘忍性)이 조금도 남지 않고 그대로 나타났다. 그의 눈은 마치 펄떡펄떡 뛰는 미끼를 가로채고 앉은 승냥이나 이리와 같이 뜨거운 피를 보고야 만족하다는 듯이 무섭게 번쩍거렸다. 그에게는 초자연(超自然)의 무서운 힘이 그의 팔과 다리에 올라왔다.

이 꼴을 보는 계집은 무서웠다. 끔찍끔찍한 일이 목전에 생길 것이다. 그의 맥이 풀린 다리는 마음대로 놓여지지 않았다.

"아! 사람 살류! 사람 살류!"

적적한 밤중 쓸쓸한 마을에는 처참한 여자 목소리가 으스스하게 울리었다. 이 소리를 들은 방안은 더욱 힘을 주어서 눈을 딱 감고 죽어라 내리 짓찧었다. 뼈가 돌에 맞은 소리가 살이 으크러지는 소리와 함께 퍽퍽 하였다. 피 묻은 돌이 여기저기 흩어지고 갈가리 찢긴 옷에는 살점이 묻었다.

동네편 쪽에서는 수군수군하더니 구두소리가 나며 칼 소리가 덜거덕거리었다. 방원의 머리에는 번갯불 같은 무엇이 보이었다. 그는 손에 주먹을 쥔 채 잠깐 정신을 차려 그쪽으로 귀를 기울였다.

"순검12······."

그는 신치규의 배를 타고 앉아서 순검의 구두소리를 듣자 비로소 자기가 무슨 짓을 하였는지 깨달았다.

그는 미친 사람처럼 일어났다. 그리고 옆에 서서 벌벌 떠는 계집에게

---

12 순검 : 지금의 순경.

로 갔다.

"얘! 가자! 도망가자! 너하고 나하고 같이 가자! 자, 어서 어서!"

계집은 자기에게 또 자기에게 또 무슨 일이 있을까 해 겁내어 도망하려 한다. 방원은 계집을 따라가며,

"얘! 얘! 네가 이렇게도 나를 몰라주니? 내가 너를 어떻게 생각하는지 알지를 못하니? 자! 어서 도망가자. 어서 어서, 뒤에서 순검이 쫓아온다."

계집은 그대로 서서 종종걸음을 치며,

"싫소! 임자나 가구료! 나는 싫어요, 싫어."

"가자! 응! 가!"

그는 미친 사람처럼 계집의 팔을 붙잡고 끌었다. 그때 누구인지 그의 두 팔을 마치 형틀에 매다는 것같이 꽉 뒤로 껴안는 사람이 있었다.

"이놈아! 어디를 가?"

그는 뒤를 돌아보지 않고도 그가 누구인지 알았다. 그는 온몸에 맥이 풀리어 그대로 뒤로 자빠지려 할 때, 어느덧 널판 같은 주먹이 그의 뺨을 사정없이 갈겼다.

"정신 차려!"

"네."

그는 무의식적으로 고개가 숙여지고 말소리가 공손하여졌다.

땅바닥에서는 신치규가 꿈지럭거리며 이리저리 뒹군다. 청승스러운 비명(悲鳴)이 들린다. 방원은 포승지인 채, 계집은 그대로, 주재소로 끌려가고, 신치규는 머슴들이 업어 들였다.

4

 석 달이 지났다. 상해죄(傷害罪)로 감옥에서 복역을 하던 방원은 만기가 되어 출옥을 하였다. 그러나 신치규는 아무 일 없이 자기 집에서 치료하고 방원의 계집을 데려다 산다. 신치규는 온몸이 나은 뒤에 홀로 생각하였다.
 '죽는 줄만 알았더니 그래도 이렇게 살아 있으니!'
 하고 얼굴에 흠이 진 곳을 만져 보며,
 '오히려 그놈이 그렇게 한 것이 나에게는 다행이지. 얼굴이 아프기는 좀 하였으나! 허어.'
 '어떻게 그놈을 떼어 버릴까 하고 그렇지 않아도 걱정을 하던 차에 잘 되었지. 그놈 한 십 년 감옥에서 콩밥을 먹었으면 좋겠다.'
 방원은 감옥에서 생각하기를, 나가기만 하면 연놈을 죽여 버리고 제가 죽든지 요절을 내리라 하였다.
 집에서 내쫓기고 계집까지 빼앗기고, 그것을 생각하면 이가 갈리고 치가 떨리었다. 그것이 모두 자기의 돈 없는 탓인 것을 생각하며, 더욱 분한 생각이 났다.
 '에 더러운 년!'
 그가 홍바지에 쇠사슬을 차고서 일을 한 때에도 가끔 침을 땅에다 뱉으면서 혼자 중얼거리었다.
 '사람이 이러고서야 살아서 무엇 하나. 멀쩡한 놈이 계집 빼앗기고 생으로 콩밥까지 먹으니……'
 그가 감옥에서 나올 때에는 감옥소를 다시 한 번 돌아보고, 내가 여기서 마지막으로 목숨을 잃어버리든지, 그렇지 않으면 내가 내 손으로 내목을 찔러 죽든지, 모슨 요절이 날 것을 생각하고, 다시 온몸에 힘을 주고 쓸쓸한 웃음을 웃었다.
　그는 이백 리나 되는 길을 걸어 계집이 사는 촌에를 왔다.
　그러나 아무도 그를 아는 체하는 사람이 없었다. 전에 친하게 지내던 사람들도 그를 보고 피해 갔다.
　마치 문둥병자나 마찬가지 대우를 하였다. 감옥에서 나온 뒤로부터는 더욱 세상이 차디차졌다. 자기가 상상하던 것보다도 더 무정하여졌다. 그는 하는 수 없이 밤이 될 때까지 그 근처 산 속으로 돌아다녔다. 그러다가 깊은 밤에 촌으로 내려왔다. 그는 그 방앗간을 다시 지나갔다. 석 달 전 생각이 났다. 자기가 여기서 잡혀갔다는 것을 생각할 때 더욱 억울하고 분한 생각이 치밀어 올라왔다. 그는 한참이나 거기 서서 그때 일을 생각하고 몸서리를 친 후에 다시 그 전 집을 찾아갔다.
　날이 몹시 추워지고 눈이 쌓였다. 입은 옷은 가을에 입고 감옥에 들어갔던 그것이므로 살을 에는 듯하였으나, 그는 분한 생각과 흥분된 마음에 그것도 몰랐다.
　'연놈을 모두 처치를 해 버려?'
　혼자 속으로 궁리를 하다가,
　'그렇지, 그까짓 것들은 살려 두어야 쓸데없는 인생들이야.'
　하면서 옆구리에 지른 기름한 단도를 다시 만져 보았다. 그는 감격스런 마음으로 그것을 쓰다듬었다. 그는 신치규의 집 울을 넘어 들어갔다. 그의 발은 전에 다닐 적같이 익숙하였다. 그는 사랑을 엿보고 다시 뒤로 돌아서서 건넌방 창 밑에 와 섰다. 귀를 기울였으나 아무 말도 들리지 않았다. 그는 손에 칼을 빼들었다. 그리고는 일부러 뒤 창문을 달각달각 흔들었다.
　"그 뉘?"
　하고 계집의 머리가 쑥 나오며 문이 열리었다. 그는 얼른 비켜섰다.

문은 다시 닫히고 계집은 들어갔다.

방원의 마음은 이상하게 동요가 되었다. 예쁜 계집의 목소리가 오래 간만에 귀에 들릴 때 마치 자기가 감옥에서 꿈을 꿀 적 모양으로 요염하고도 황홀하게 그의 마음을 꾀는 것 같았다. 그는 꿈속에서 다시 만난 것 같고 오래간만에 그를 만나 보매 모든 결심은 얼음같이 녹는 듯하였다. 그래도 계집이 설마 나를 영영 잊어버리랴 하고 옛날의 정리를 생각할 때, 그것이 거짓말이 아니고 무엇이냐는 생각이 났다.

아무리 자기를 감옥에까지 가게 하였다 하더라도 그는 감히 칼을 들어 죽이려는 용기가 단번에 나지 않아서 주저하기 시작하였다.

'아니다, 다시 한 번 물어 보자!'

그는 들었던 칼을 다시 집고 생각하였다.

'거짓말이다. 거짓말이다. 그럴 리가 없다.'

그는 반신반의하였다.

'그렇다, 한 번만 다시 물어 보고 죽이든 살리든 하자!'

그는 다시 문을 달각달각하였다. 계집은 이번에도 다시 문을 열고 사면을 둘러보더니 헌 짚신짝을 신고 나왔다.

"뉘요!"

그는 방원이 서 있는 집 모퉁이를 돌아서려 할 제,

"내다!"

하고 입을 틀어막고 칼을 가슴에 대었다.

"떠들면 죽어!"

방원은 계집의 입을 수건으로 틀어막고 결박한 후 들쳐 업고서 번개같이 달음질쳤다.

그는 어느 결에 계집을 업어다가 물레방아 앞에 내려놓은 후 결박을 풀었다. 그리고 한숨을 쉬었다.

"나를 모르겠니?"

캄캄한 그믐밤에 얼굴을 바짝 계집의 코앞에 들이댔다. 계집은 얼굴을 자세히 보더니,

"아—."

소리를 지르더니 뒤로 물러섰다.

"조금도 놀랄 것이 없다. 오늘 네가 내 말을 들으면 살려줄 것이요, 그렇지 않으면 이거야?"

하고 시퍼런 칼을 들이대었다. 계집은 다시 태연하게,

"말요? 임자의 말을 들을 것 같으면 벌써 들었지요. 이때까지 있겠소? 임자도 나의 마음을 알지요. 임자와 나와 이 년 전에 이곳으로 도망해 올 적에도 전 남편이 나를 죽이겠다고 허리를 찔러 그 흠이 있는 것을 날마다 밤에 당신이 어루만졌지요? 내가 그까짓 칼쯤을 무서워서 나 하고 싶은 것을 못한단 말이요? 힝, 이게 무슨 비겁한 짓이요. 사내자식이, 자! 찌르려거든 찔러 보아, 자, 자."

계집은 두 가슴을 벌리고 대들었다. 방원은 너무 계집의 태도가 대담하므로 들었던 칼이 도리어 뒤로 움찔할 만큼 기가 막혔다. 그는 무의식중에,

"정말이냐?"

하고 한 걸음 더 가까이 나섰다.

"정말이 아니고? 내가 비록 여자이지마는 당신같이 겁쟁이는 아니라오! 이것이 도무지 무엇이오?"

계집은 그래도 두려웠던지 방원의 손에 든 칼을 뿌리쳐 땅에 떨어뜨리었다.

이 칼이 땅에 떨어지자 방원은 이때까지 용사와 같이 보이던 계집이 몹시 비겁스럽고 더러워 보이어 다시 칼을 집어 들고 덤비었다.

"에잇! 간사한 년! 어쩔 테냐? 나하고 당장에 멀리 가지 않을 테냐? 자아, 가자!"

그는 눈물어린 눈으로 타일러 보기도 하고 간청도 하여 보았다.

"자아, 어서 옛날과 같이 나하고 멀리멀리 도망을 가자! 나는 참으로 내 칼로 너를 죽일 수는 없다!"

계집의 눈에는 독이 올라왔다. 광채가 어두운 밤에 번개같이 번쩍거리며,

"싫어요, 나는 죽으면 죽었지 가기는 싫어요. 이제 나는 고만 그렇게 구차하고 천한 생활을 다시 하기는 싫어요. 그만 물렸어요."

"너의 입으로 정말 그런 말이 나오느냐? 너는 나를 우리 고향에 다시 돌아가지도 못하게 만들어 놓고, 나의 모든 것을 다 잃어버리게 한 후에, 또 나중에는 세상에서 지옥이라고 하는 감옥소까지 가게 했지! 그러고도 나의 맨 마지막 원을 들어 주지 않을 테냐?"

"나는 언제든지 당신 손에 죽을 것까지도 알고 있소! 자! 오늘 죽으나 내일 죽으나 언제든지 죽기는 일반, 이렇게 된 이상 어서 죽이시오."

"정말이냐? 정말이야?"

"정말요!"

계집은 결심한 뜻을 나타내었다. 방원의 손은 떨리었다. 그리고 그는 눈을 꽉 감고,

"에, 여우같은 년!"

하고 칼끝을 계집의 옆구리를 향하여 힘껏 내밀었다. 계집은 이를 악물고,

"사람 죽인다!"

소리 한 번에 그 자리에 거꾸러졌다. 칼자루를 든 손이 피가 몰리는 바람에 우르르 떨리더니 피가 새어 나왔다. 방원은 그 칼을 빼어 들더니 계집 위에 거꾸러져서 가슴을 찌르고 절명하여 버렸다.

날개

이상

작가 소개

이상(1910~1937)

　이상은 1910년 음력 8월 20일 종로구 사직동에서 김영창의 장남으로 출생했다. 이상은 필명으로, 본명은 김해경이었다. 넉넉지 않은 환경이었기 때문에 3세 때부터는 자식이 없던 백부의 손에서 자랐다. 그는 어려서부터 혼자 있기를 좋아하고 말수가 적었으며, 글보다는 그림에 소질을 보였다. 보성고보 재학 시절 이상은 교내 미전에서 1등상을 수상하기도 했다.
　1929년에 경성고등공업학교를 졸업한 이상은 화가의 꿈과는 달리 조선총독부 내무국 건축과에서 일하게 된다. 직장 생활을 하면서도 이상은 다양한 재능을 유감없이 드러냈다. 1929년 12월에는 조선건축학회 기관지인 〈조선과 건축〉의 표지 도안 현상 모집에 1등과 3등으로 각각 당선되었다. 그의 작품활동은 1930년 〈조선〉에 첫 장편소설 「12월 12일」을 연재하면서부터 본격적으로 시작되었다. 1931년에 시 「이상한 가역반응」을 발표하고, 서양화 「초상화」로 조선미술전람회에 입상했다. 이때부터 그는 이상이라는 필명을 사용하기 시작한다. 그러나 이처럼 한창 재능을 발휘할 무렵 병마가 그를 덮친다. 1933년 3월 객혈로 폐병이 시작되었다는 징조가 드러났기 때문이다. 결국 그는 건축기수직을 사임하고 배천온천에 들어가 요양을 했다. 이 무렵에는 백부도 돌아가시고 친부를 모시기 시작했는데, 그는 폐병에서 오는 절망을 이기기 위해 본격적으로 문학을 시작했다.
　그는 휴양지에서 만난 금홍이라는 기생과 열애에 빠져 '제비'라는 다방을 경영하면서 당대의 문사들과 교류했다. 이 인연으로 그는 1934년 김기림, 이효석, 유치진, 정지용 등이 멤버인 구인회에 가입하게 된다. 당시 구인회는 순수 문학을 표방하는 9명의 문인이 모인 문학 동호회였는데, 김기림, 이효석, 유치진, 정지용 등이 그 멤버였다. 이상은 후기 멤버로 참여해 그와 박태원이 중심이 되어 「시와 소설」이라는 기관지를 펴내기도 했다.
　1934년에는 〈조선중앙일보〉에 연작시 「오감도」를 발표했지만, 독자들의 빗발치는 항의로 연재를 중단할 수밖에 없었다. 또한 다방도 파산해 금홍이와 헤어지게 된다. 이 무렵 제비다방 뒷골방에 마련했던 조그만 살림방이 그의 대표작인 「날개」의 무대가 되었다. 이상은 1936년 대표작 「날개」를 발표하고 변동림을 만나 결혼한다. 그는 암담한 생활을 극복하기 위해 동경으로 떠나 「공포의 기록」, 「종생기」, 「권태」, 「환시기」, 「봉별기」 등 작품 활동을 계속했지만, 1937년 사상범으로 체포되었다. 한달 만에 병보석으로 풀려나지만 이미 오랜 병고를 겪은 그는 같은 해 4월 17일 27세라는 젊은 나이로 숨을 거두고 만다.

❈ 작품 세계

　이상은 1930년대를 전후하여 세계를 풍미하던 자의식문학시대에 우리나라를 대표하는 자의식문학의 선구자인 동시에 초현실주의적 시인으로 일컬어지고 있다. 이상과 함께 구인회 멤버였던 시인 김기림은 "이상의 죽음으로 우리문학이 50년 후퇴했다"고 말할 정도로 파격적인 문장과 형식을 보여 준 이상은 한국 문학의 천재로 꼽히고 있다.
　우리 문학사에서 처음으로 근대 정신을 표현하고자 했던 그의 글은 지금 읽어도 파격적이고 난해해 시대를 뛰어넘는 인물임을 보여주고 있다.
　그의 작품은 항상 독자를 외면하고 있는데 그 이유는 그의 글을 누구에게 보여주기 위한 것이 아닌 스스로에 대한 답을 구하기 위한 수단으로 사용하였기 때문이다. 이상은 전례의 창작 수법을 거부하고 부정적 시선으로 세계를 바라보며 실험성 강한 문학을 시도했다.
　그의 대표적 시인 「오감도」는 당대인에게 모독당했던 작품이지만, 그 뒤 이전 한국 문학과는 차별화된 새로운 모더니즘 문학의 진수를 보여 준 앞서간 문학으로서 이상 문학을 한국 문학사에 확고하게 자리매김하는 역작으로 평가된다. 또 그는 시 내용의 난해함 뿐 아니라 언어와 그래픽 이미지를 동시에 사용해 파격적인 시를 선보였다. 또 다른 그의 작품에서는 그래픽 디자인을 사용해 마치 암호문처럼 어려운 작품을 내놓기도 했다.
　그의 대표작인 「날개」는 기묘한 정신상태가 드러나 있다. 이 소설에서는 마음만 먹으면 세상을 놀라게 할 수 있는 천재가 박제처럼 꿈쩍할 수 없는 불행한 모습으로 드러난다. 이것은 식민지 치하에 있는 지식인이 자신의 생각을 마음대로 말할 수 없는 모습을 그대로 표현한 것이었다.
　기타 작품으로는 「소영위제(素榮爲題)」(1934), 「정식(正式)」(1935), 「명경(明鏡)」(1936) 등의 시와, 소설 「봉별기(逢別記)」(1936), 「종생기(終生記)」(1937), 수필 「권태(倦怠)」(1937), 「산촌여정(山村餘情)」(1935) 등이 있다. 그의 사후 이상의 시·산문·소설을 총정리한 『이상전집』 3권이 1966년에 간행되었다.

🗀 줄거리

　지식 청년인 '나'는 놀거나 밤낮없이 잠을 자면서 아내에게 사육(飼育)된다. 나는 몸이 건강하지 못하고 자의식이 강하며 현실 감각이 없다. 나는 매일 방에서만 빈둥거리며 살아간다. 가끔 아내가 없을 때는 아내의 방에 들어가 불장난을 하거나, 화장품 냄새를 맡기도 하며 논다. 그러나 아내의 방에 손님이 있으면 나는 그 방으로 들어갈 수 없다. 손님이 돌아가고 나면 아내는 내 방으로 들어와 은화를 놓고 간다. 그 돈을 가지고 나는 어느 날 밤에 아내가 외출한 틈을 타서 거리로 나온다. 그러나 돈을 쓸 줄 모르는 나는 그 돈을 가지고 돌아와 아내에게 준다. 그날 밤 아내는 처음으로 아내의 방에다 나를 재워 준다. 나는 매일 밤 외출을 나가고, 어느 날은 늦게까지 비를 맞고 돌아다니다 병이 나고 만다.
　아내는 거추장스러운 나를 볕 안 드는 방에서 나오지 못하도록 수면제를 먹인다. 그 약이 감기약 아스피린인 줄 알고 지내던 나는 어느 날 그것이 수면제 '아달린'이라는 것을 알고 산으로 올라가 아내를 연구한다.
　나를 죽음으로 몰고 갔을지도 모를 수면제 — 그것을 한꺼번에 여섯 알이나 먹고 일주일을 자고 깨어나서, 아내에 대한 의혹을 미안해 한다. 나는 아내에게 사죄하러 집으로 돌아온다. 그리고는 그만 아내의 매음(賣淫) 현장을 목격하고 만다.
　도망쳐 나온 나는 거리를 쏘다니던 끝에 미쓰꼬시 백화점 옥상에 올라가 스물여섯 해의 과거를 회상한다. 이때 정오(正午)의 사이렌이 울고, 나는 "날개야 다시 돋아라. …… 한번만 더 날아 보자꾸나."라고 외치고 싶어진다.

작품 분석

「날개」는 내용의 난해함과 형식의 파격성으로 1930년대 모더니즘 소설의 으뜸으로 꼽힌다. 또한 심리주의·초현실주의 소설을 개척한 매우 가치 있는 작품으로 손꼽히고 있다.

작품의 줄거리는 주로 의식의 흐름을 바탕으로 한 내적 독백으로 이루어져 있다. 사회나 인간관계에서 철저하게 고립된 한 개인의 심리를 극명하게 보여주고 있는 이 작품 속에서 '나'가 외부 세계와 연결되는 유일한 끈은 아내이다. 그러나 아내와의 관계에서도 이 소설의 부부 관계는 '숙명적으로 발이 맞지 않는 절름발이'이다. 아내에게 기생해서 사는 존재인 나는 아내에게 지배당하고 사육당하고 있는 종속적 관계이다.

몇 번의 외출을 통한 외부와의 접촉에서 '나'는 일상적 삶의 가치를 깨달아간다. 그러나 결국 수면제 사건과 아내의 매춘행위 목격 사건으로 말미암아 '나'는 좌절하고 만다. 그러한 좌절 속에서 마지막으로 "자 날자, 한번만 더 날자꾸나."하는 주인공의 외침은 자아를 되찾고 자신의 꿈과 이상을 펼치고자 하는 절박한 욕망을 암시하고 있다.

이 소설은 근원적인 불안에 시달리는 인간의 내면 모습을 깊이 있고 적나라하게 표현한 심리주의 계열의 작품이며, 또한 전통적인 소설 기법에서 벗어난 실험적인 작품으로도 그 문학적 가치를 인정받고 있다.

작품 개요

출전 : 〈조광〉 (1936년).
구성 : 순행적 구성.
시점 : 1인칭 주인공 시점.
주제 : 전도된 삶과 자아 분열의 의식 속에서 본래적 자아를 지향하는 인간의 내면 의지.
표현의 성격 : 초현실주의.

주요 인물 분석

나 : 남편임에도 불구하고 경제적, 사회적, 성적(性的)으로 아내보다 열등한 상태에 놓여 있는 거세당한 남성. 날개의 소생(蘇生)을 꿈꾸며 사회로의 복귀를 시도한다.
아내 : 남편보다 우월한 존재로, 종속 상태에 놓여 있는 남편 위에 군림하는 지배적 존재.

시간과 공간

시간 : 일제 강점기.
공간 : 18가구가 살고 있는 33번지 유곽(遊廓), 햇볕이 들지 않는 '나'의 방.

날개

'박제(剝製)가 되어 버린 천재'를 아시오? 나는 유쾌하오. 이런 때 연애까지가 유쾌하오.

육신이 흐느적흐느적하도록 피로했을 때만 정신이 은화(銀貨)처럼 맑소. 니코틴이 내 횃(蛔)배[1] 앓는 뱃속으로 스미면 머릿속에 으레 백지가 준비되는 법이오. 그 위에다 나는 위트와 패러독스[2]를 바둑 포석처럼 늘어놓소. 가증(可憎)할 상식의 병이오.

나는 또 여인과 생활을 설계하오. 연애 기법에마저 서먹서먹해진, 지성의 극치를 흘깃 좀 들여다본 일이 있는, 말하자면 일종의 정신분일자(精神奔逸者)말이오. 이런 여인의 반 — 그것은 온갖 것의 반이오. — 만을 영수하는 생활을 설계한다는 말이오. 그런 생활 속에 한 발만 들여놓고 흡사 두 개의 태양처럼 마주 쳐다보면서 낄낄거리는 것이오. 나는 아

---

[1] 횃(蛔)배 : 기생충(회충)이 있는 배앓이.
[2] 패러독스(paradox) : 역설(逆說).

마 어지간히 인생의 제행(諸行)³이 싱거워서 견딜 수가 없게끔 되고 그만둔 모양이오. 굿바이.

굿바이. 그대는 이따금 그대가 제일 싫어하는 음식을 탐닉하는 아이러니를 실천해 보는 것도 좋을 것 같소. 위트와 패러독스와…….

그대 자신(自身)을 위조하는 것도 할 만한 일이오. 그대의 작품은 한 번도 본 일이 없는 기성품에 의하여 차라리 경편하고 고매하리라.

19세기는 될 수 있거든 봉쇄하여 버리오. 도스토예프스키⁴ 정신이란 자칫하면 낭비인 것 같소. 위고⁵를 불란서의 빵 한 조각이라고는 누가 그랬는지 지언(至言)⁶인 듯싶소. 그러나 인생 혹은 모형에 있어서 '디테일' 때문에 속는다거나 해서야 되겠소. 화(禍)를 보지 마오. 부디 그대께 고하는 것이니…….

(테이프가 끊어지면 피가 나오. 상채기도 머지않아 완치될 줄 믿소. 굿바이.)

감정은 어떤 '포즈'(그 포즈의 원소만을 지적하는 것이 아닌지 모르겠소).

그 포즈가 부동자세에까지 고도화할 때 감정은 딱 공급을 정지합니다.

나는 내 비범한 발육을 회고하여 세상을 보는 안목을 규정하였소.

여왕봉과 미망인 – 세상의 하고많은 여인이 본질적으로 이미 미망인 아닌 이가 있으리이까? 아니! 여인의 전부가 그 일상에 있어서 개기 '미망인'이라는 내 논리가 뜻밖에도 여성에 대한 모독이 되오? 굿바이.

그 33번지라는 것이 구조가 흡사 유곽이라는 느낌이 없지 않다.

---

3 제행(諸行) : 불교에서 쓰는 말로 온갖 수행, 인연(因緣)으로 말미암아 일어나는 온갖 현상.
4 도스토예프스키 : 『죄와 벌』의 작가로 톨스토이와 함께 19세기 러시아 문학을 대표하는 세계적인 문호.
5 위고 : 『레미제라블』, 『노틀담의 꼽추』를 쓴 프랑스의 극작가이자, 시인이며 소설가.
6 지언(至言) : 지극히 마땅한 말.

한 번지에 18가구가 죽 어깨를 맞대고 늘어서서 창호가 똑같고 아궁이 모양이 똑같다. 게다가 각 가구에 사는 사람들이 송이송이 꽃과 같이 젊다.
　해가 들지 않는다. 해가 드는 것을 그들이 모른 체하는 까닭이다. 턱살 밑에다 철줄을 매고 얼룩진 이부자리를 널어 말린다는 핑계로 미닫이에 해가 드는 것을 막아 버린다. 침침한 방안에서 낮잠을 잔다. 그들은 밤에는 잠을 자지 않나? 알 수 없다. 나는 밤이나 낮이나 잠만 자느라고 그런 것을 알 길이 없다. 33번지 18가구의 낮은 참 조용하다.
　조용한 것은 낮뿐이다. 어둑어둑하면 그들은 이부자리를 걷어 들인다. 전등불이 켜진 뒤의 18가구는 낮보다 훨씬 화려하다.
　저물도록 미닫이 여닫는 소리가 잦다. 바빠진다. 여러 가지 내음새가 나기 시작한다. 비웃7 굽는 내, '탕고도오랑'8내, 뜨물내, 비눗내…….
　그러나 이런 것들보다도 그들의 문패가 제일로 고개를 끄덕이게 하는 것이다.
　이 18가구를 대표하는 대문이라는 것이 일각이 져서 외따로 떨어지기는 했으나, 있다. 그러나 그것은 한 번도 닫힌 일이 없는 한길이나 마찬가지 대문인 것이다. 온갖 장사치들은 하루 가운데 어느 시간에라도 이 대문을 통하여 드나들 수가 있는 것이다. 이네들은 문간에서 두부를 사는 것이 아니라, 미닫이를 열고 방에서 두부를 사는 것이다. 이렇게 생긴 33번지 대문에 그들 18가구의 문패를 몰아다 붙이는 것은 의미가 없다. 그들은 어느 사이엔가 각 미닫이 위 백인당(百忍堂)이니 실상당(吉祥堂)이니 써 붙인 한 곁에다 문패를 붙이는 풍속을 가져 버렸다.

---

7 비웃 : 생선 중 청어를 말하는 것.
8 탕고도오랑 : 화장품의 일종.

내 방 미닫이 위 한 결에 칼표 딱지를 넷에다 낸 것 만한 내……, 아니! 내 아내의 명함이 붙어 있는 것도 이 풍속을 좇은 것이 아닐 수 없다.

나는 그러나 그들의 아무와도 놀지 않는다. 놀지 않을 뿐만 아니라 인사도 않는다. 나는 내 아내와 인사하는 외에 누구와도 인사하고 싶지 않았다.

내 아내 외의 다른 사람과 인사를 하거나 놀거나 하는 것은 내 아내의 낯을 보아 좋지 않은 일인 것만 같이 생각이 되었기 때문이다. 나는 이만큼까지 내 아내를 소중히 생각한 것이다. 내가 이렇게까지 내 아내를 소중히 생각한 까닭은 이 33번지 18가구 가운데서 내 아내가 내 아내의 명함처럼 제일 작고 제일 아름다운 것을 안 까닭이다. 18가구에 각기 빌어 들은 송이송이 꽃들 가운데서도 내 아내는 특히 아름다운 한 떨기의 꽃으로 이 함석지붕 밑 별 안 드는 지역에서 어디까지든지 찬란하였다. 따라서 그런 한 떨기 꽃을 지키고 – 아니, 그 꽃에 매어 달려 사는 나라는 존재가 도무지 형언할 수 없는 거북살스러운 존재가 아닐 수 없었던 것은 물론이다.

나는 어디까지든지 내 방이 – 집이 아니다. 집은 없다. – 마음에 들었다. 방안의 기온은 내 체력을 위하여 쾌적하였고 방안의 침침한 정도가 또한 내 안력을 위하여 쾌적하였다. 나는 내 이상의 서늘한 방도 또 따뜻한 방도 희망하지는 않았다. 이 이상으로 밝거나 이 이상으로 아늑한 방을 원하지는 않는다. 내 방은 나 하나를 위하여 요만한 정도를 꾸준히 지키는 것 같아 늘 내 방에 감시하였고, 나는 또 이런 방을 위하여 이 세상에 태어난 것만 같아서 즐거웠다.

그러나 이것은 행복이라든가 불행이라든가 하는 것을 계산하는 것은 아니었다. 말하자면 나는 내가 행복 되다고도 생각할 필요가 없었고, 그렇다고 불행하다고도 생각할 필요가 없었다. 그냥 그날 그날을 그저 까닭 없이 펀둥펀둥 게으르고만 있으면 만사는 그만이었던 것이다.

내 몸과 마음에 옷처럼 잘 맞는 방 속에서 뒹굴면서 축 처져 있는 것은 행복이니 불행이니 하는 그런 세속적인 계산을 떠나 가장 편리하고 안일한, 말하자면 절대적인 상태일 것이다. 나는 이런 상태가 좋았다.

이 절대적인 내 방은 대문간에서 세어서 똑 일곱째 칸이다. 럭키세븐의 뜻이 없지 않다. 나는 이 일곱이라는 숫자를 훈장처럼 사랑하였다. 이런 이 방이 가운데 장지로 말미암아 두 칸으로 나뉘어 있었다는 그것이 내 운명의 상징이었던 것을 누가 알랴?

아랫방은 그래도 해가 든다. 아침결에 책보만한 해가 들었다가 오후에 손수건만 해지면서 나가버린다. 해가 영영 들지 않는 윗방이 즉 내 방인 것은 말할 것도 없다. 이렇게 볕드는 방이 아내 방이요 볕 안 드는 방이 내 방이오 하고 아내와 나 둘 중에 누가 정했는지 나는 기억하지 못한다. 그러나 나에게는 불평이 없다.

아내가 외출만 하면 나는 얼른 아랫방으로 와서 그 동쪽으로 난 들창을 열어 놓고, 열어 놓으면 들이비치는 햇살이 아내의 화장대를 비춰 가지각색 병들이 아롱이 지면서 찬란하게 빛나고, 이렇게 빛나는 것을 보고 있는 것은 다시없는 내 오락이다. 나는 조그만 돋보기를 꺼내 가지고 아내만이 사용하는 지리가미[9]를 꺼내 가지고 그을려 가면서 불장난을 하고 논다. 평행 광선을 굴절시켜서 한 초점에 모아 가지고 그 초점이 따끈따근해지다가 마지막에는 종이를 그을리기 시작하고, 가느다란 연기를 내면서 드디어 구멍을 뚫어놓는 데까지 이르는 그 얼마 안 되는 동안의 초조한 맛이 죽고 싶을 만큼 내게는 재미있었다.

---

[9] 지리가미 : 일본어로 휴지라는 뜻.

이 장난이 싫증이 나면 나는 또 아내의 손잡이 거울을 가지고 여러 가지로 논다. 거울이란 제 얼굴을 비칠 때만 실용품이다. 그 외의 경우에는 도무지 장난감인 것이다. 이 장난도 곧 싫증이 난다. 나의 유희심은 육체적인 데서 정신적인 데로 비약한다. 나는 거울을 내던지고 아내의 화장대 앞으로 가까이 가서 나란히 늘어 놓인 그 가지각색의 화장품 병들을 들여다본다. 그것들의 세상의 무엇보다도 매력적이다. 나는 그 중의 하나만을 골라서 가만히 마개를 빼고 병구멍을 내 코에 가져다 대고 숨죽이듯이 가벼운 호흡을 하여 본다. 이국적인 센슈얼한 향기가 폐로 스며들면 나는 저절로 스르르 감기는 내 눈을 느낀다. 확실히 아내의 체취의 파편이다. 나는 도로 병마개를 막고 생각해 본다. 아내의 어느 부분에서 요 내음새가 났던가를……. 그러나 그것은 분명치 않다. 왜? 아내의 체취는 여기 늘어 섰는 가지각색 향기의 합계일 것이니까.

　아내의 방은 늘 화려하였다. 내 방이 벽에 못 한 개 꽂히지 않은 소박한 것인 반대로 아내 방에는 천장 밑으로 쫙 돌려 못이 박히고, 못마다 화려한 아내의 치마와 저고리가 걸렸다. 여러 가지 무늬가 보기 좋다. 나는 그 여러 조각의 치마에서 늘 아내의 동체(胴體)10와 그 동체가 될 수 있는 여러 가지 포즈를 연상하고 연상하면서 내 마음은 늘 점잖지 못하다.

　그렇건만 나에게는 옷이 없었다. 아내는 내게는 옷을 주지 않았다. 입고 있는 코르덴 양복 한 벌이 내 자리옷이었고 통상복과 나들이옷을 겸한 것이었다. 그리고 하이넥 스웨터가 한 조각 사철을 통한 내 내의다. 그것들은 하나같이 다 빛이 검다. 그것은 내 짐작 같아서는 즉 빨래를 될 수 있는 데까지 하지 않아도 보기 싫지 않도록 하기 위한 것이 아닌

---

10 동체(胴體) : 몸통.

가 한다.

　나는 허리와 두 가랑이 세 군데 다 ― 고무 밴드가 끼어 있는 부드러운 ― 사루마다11를 입고 그리고 아무 소리 없이 잘 놀았다.

　어느덧 손수건 만해졌던 별이 나갔는데 아내는 외출에서 돌아오지 않는다. 나는 요만 일에도 좀 피곤하였고 또 아내가 돌아오기 전에 내 방으로 가 있어야 될 것을 생각하고 그만 내 방으로 건너간다. 내 방은 침침하다. 나는 이불을 뒤집어쓰고 낮잠을 잔다. 한 번도 걷은 일이 없는 내 이부자리는 내 몸뚱이의 일부분처럼 내게는 참 반갑다. 잠은 잘 오는 적도 있다. 그러나 또 전신이 까칫까칫하면서 영 잠이 오지 않는 적도 있다. 그런 때는 아무 제목으로나 제목을 하나 골라서 연구하였다. 나는 내 좀 축축한 이불 속에서 참 여러 가지 발명도 하였고 논문도 많이 썼다. 시도 많이 지었다. 그러나 그것들은 내가 잠이 드는 것과 동시에 내 방에 담겨서 철철 넘치는 그 흐늑흐늑한 공기에 다 비누처럼 풀어져서 온데간데없고, 한잠 자고 깨인 나는 속이 무명 헝겊이나 메밀 껍질로 띵띵 찬 한 덩어리 베개와도 같은 한 벌 신경이었을 뿐이고 하였다.

　그러기에 나는 빈대가 무엇보다도 싫었다. 그러나 내 방에서는 겨울에도 몇 마리씩의 빈대가 끊이지 않고 나왔다. 내게 근심이 있었다면 오직 이 빈대를 미워하는 근심일 것이다. 나는 빈대에게 물려서 가벼운 자리를 피가 나도록 긁었다. 쓰라리다. 그것은 그윽한 쾌감에 틀림없었다. 나는 혼곤히12 잠이 든다.

　나는 그러나 그런 이불 속의 사색 생활에서도 적극적인 것을 궁리하는 법이 없다. 내게는 그럴 필요가 대체 없었다. 만일 내가 그런 좀 적극

---

11 사루마다 : 일본어 사루마타가 순화된 말로 '속잠방이'를 뜻함.
12 혼곤히(昏困―) : 정신이 흐릿하고 맥이 빠진 듯이 고달프게.

적인 것을 궁리해 내었을 경우에 나는 반드시 내 아내와 의논하여야 할 것이고 그러면 반드시 나는 아내에게 꾸지람을 들을 것이고 – 나는 꾸지람이 무서웠다기보다도 성가셨다. 나는 제법 한 사람의 사회인의 자격으로 일을 해 보는 것도, 아내에게 사설 듣는 것도.

나는 가장 게으른 동물처럼 게으른 것이 좋았다. 될 수만 있으면 이 무의미한 인간의 탈을 벗어버리고도 싶었다.

나에게는 인간 사회가 스스러웠다[13]. 생활이 스스러웠다. 모두가 서먹서먹할 뿐이었다.

아내는 하루에도 두 번 세수를 한다.

나는 하루 한 번도 세수를 하지 않는다.

나는 밤중 세 시나 네 시쯤 해서 변소에 갔다. 달이 밝은 밤에는 한참씩 마당에 우두커니 섰다가 들어오곤 한다. 그러니까 나는 이 18가구의 아무와도 얼굴이 마주치는 일이 거의 없다. 그러면서도 나는 이 18가구의 젊은 여인네 얼굴들을 거반 다 기억하고 있었다. 그들은 하나같이 내 아내만 못하였다.

열한 시쯤 해서 하는 아내의 첫 번 세수는 좀 간단하다. 그러나 저녁 일곱 시쯤 해서 하는 두 번째 세수는 손이 많이 간다. 아내는 낮에 보다도 밤에 더 좋고 깨끗한 옷을 입는다. 그리고 낮에는 외출하고 밤에도 외출하였다.

아내에게 직업이 있었던가? 나는 아내의 직업이 무엇인지 알 수 없다. 만일 아내에게 직업이 없었다면, 같이 직업이 없는 나처럼 외출할 필요가 생기지 않을 것인데…… 아내는 외출한다. 외출할 뿐만 아니라 내객이 많다. 아내에게 내객이 많은 날은 나는 온종일 내 방에서 이불을 쓰

---

[13] 스스럽다 : 정분이 그리 두텁지 않아 조심스럽다.

고 누워 있어야만 된다.

　불장난도 못한다. 화장품 내음새도 못 맡는다. 그런 날은 나는 의식적으로 우울해 하였다. 그러면 아내는 나에게 돈을 준다. 오십 전짜리 은화다. 나는 그것이 좋았다. 그러나 그것을 무엇에 써야 좋을지 몰라서 늘 머리맡에 던져두고 두고 한 것이 어느 결에 모여서 꽤 많아졌다. 어느 날 이것을 본 아내는 금고처럼 생긴 벙어리14를 사다 준다.

　나는 한 푼씩 한 푼씩 그 속에 넣고 열쇠는 아내가 가져갔다. 그 후에도 나는 더러 은화를 그 벙어리에 넣은 것을 기억한다. 그리고 나는 게을렀다. 얼마 후 아내의 머리 쪽에 보지 못하던 누깔잠15이 하나 여드름처럼 돋았던 것은 바로 그 금고형 벙어리의 무게가 가벼워졌다는 증거일까. 그러나 나는 드디어 머리맡에 놓였던 그 벙어리에 손을 대지 않고 말았다. 내 게으름은 그런 것에 내 주의를 환기시키기도 싫었다.

　아내에게 내객이 있은 날은 이불 속으로 암만 깊이 들어가도 비 오는 날만큼 잠이 잘 오지 않았다.

　나는 그런 때 아내에게는 왜 늘 돈이 있나, 왜 돈이 많은가를 연구했다.

　내객들은 장지 저쪽에 내가 있는 것을 모르나 보다. 내 아내와 나도 좀 하기 어려운 농을 아주 서슴지 않고 쉽게 해 던지는 것이다. 그러나 내 아내를 찾은 서너 사람의 내객들은 늘 비교적 점잖았다고 볼 수 있는 것이, 자정이 좀 지나면 으레 돌아들 갔다. 그들 가운데는 퍽 교양이 얕은 자도 있는 듯싶었는데 그런 자는 보통 음식을 사다 먹고 논다. 그래서 보충을 하고 대체로 무사하였다.

---

14 벙어리 : 벙어리 저금통을 뜻함.
15 누깔잠 : 비녀의 일종인 눈깔비녀.

나는 우선 내 아내의 직업이 무엇인가를 연구하기에 착수하였으나 좁은 시야와 부족한 지식으로는 이것을 알아내기 힘이 든다. 나는 끝끝내 내 아내의 직업이 무엇인가를 모르고 말려나 보다.

아내는 늘 진솔버선[16]만 신었다. 아내는 밥도 지었다. 아내가 밥 짓는 것을 나는 한 번도 구경한 일은 없으나 언제든지 끼니때면 내 방으로 내 조석밥을 날라다 주는 것이다. 우리 집에는 나와 내 아내 외의 다른 사람은 아무도 없다. 이 밥은 분명히 아내가 손수 지었음에 틀림없다.

그러나 아내는 한 번도 나를 자기 방으로 부른 일이 없다. 나는 늘 윗방에서 나 혼자서 밥을 먹고 잠을 잤다.

밥은 너무 맛이 없었다. 반찬이 너무 엉성하였다. 나는 닭이나 강아지처럼 말없이 주는 모이를 넓죽넓죽 받아먹기는 했으나 내심 야속하게 생각한 적도 더러 없지 않다. 나는 안색이 여지없이 창백해 가면서 말라 들어갔다.

나날이 눈에 보이듯이 기운이 줄어들어갔다. 영양 부족으로 하여 몸뚱이 곳곳이 뼈가 불쑥불쑥 내어 밀었다. 하룻밤 사이에도 수십 차를 돌쳐 눕지 않고는 여기저기가 배겨서 나는 배겨낼 수가 없었다.

그렇기 때문에 나는 내 이불 속에서 아내가 늘 흔히 쓸 수 있는 저 돈의 출처를 탐색해 내는 일편, 장치 틈으로 새어 나오는 아랫방의 음식은 무엇일까를 간단히 연구하였다. 나는 잠이 잘 안 왔다.

깨달았다. 아내가 쓰는 그 돈은 내게는 다만 실없는 사람들로밖에 보이지 않는 까닭 모를 내객들이 놓고 가는 것에 틀림없으리라는 것을 나는 깨달았다.

그러나 왜 그들 내객은 돈을 놓고 가나? 왜 내 아내는 그 돈을 받아야

---

16 진솔버선 : 새 버선.

되나? 하는 예의(禮儀) 관념이 내게는 도무지 알 수 없는 것이었다.

그것은 그저 예의에 지나지 않는 것일까. 그렇지 않으면 혹 무슨 대가일까? 보수일까? 내 아내가 그들의 눈에는 동정을 받아야만 할 한 가엾은 인물로 보였던가?

이런 것들을 생각하노라면 으레 내 머리는 그냥 혼란하여 버리고 하였다. 잠들기 전에 획득했다는 결론이 오직 불쾌하다는 것뿐이었으면서도 나는 그런 것을 아내에게 물어보거나 한 일이 참 한 번도 없다. 그것은 대체 귀찮기도 하려니와 한잠 자고 일어나는 나는 사뭇 딴사람처럼 이것도 저것도 다 깨끗이 잊어버리고 그만두는 까닭이다.

내객들이 돌아가고, 혹 외출에서 돌아오고 하면 아내는 경편[17]한 것으로 옷을 바꾸어 입고 내 방으로 나를 찾아온다. 그리고 이불을 들치고 내 귀에는 영 생동생동한 몇 마디 말로 나를 위로하려 든다. 나는 조소도 고소도 홍소도 아닌 웃음을 얼굴에 띠고 아내의 아름다운 얼굴을 쳐다본다. 아내는 빙그레 웃는다. 그러나 그 얼굴에 떠도는 일말의 애수를 나는 놓치지 않는다.

아내는 능히 내가 배고파하는 것을 눈치 챌 것이다. 그러나 아랫방에서 먹고 남은 음식을 나에게 주려 들지는 않는다. 그것은 어디까지든지 나를 존경하는 마음일 것임에 틀림없다. 나는 배가 고프면서도 적이 마음이 든든한 것을 좋아했다. 아내가 무엇이라고 지껄이고 갔는지 귀에 남아 있을 리 없다. 다만 내 머리맡에 아내가 놓고 간 은화가 전등불에 흐릿하게 빛나고 있을 뿐이다.

그 금고형 벙어리 속에 그 은화가 얼마만큼이나 모였을까? 나는 그러나 그것을 쳐들어 보지 않았다. 그저 아무런 의욕도 기원도 없이 그 단

---

17 경편(輕便) : 가뜬하여 쓰기에 손쉽고 편함.

춧구멍처럼 생긴 틈바구니로 은화를 들여 뜨려 둘 뿐이었다.

왜 아내의 내객들이 아내에게 돈을 놓고 가나 하는 것이 풀 수 없는 의문인 것같이, 왜 아내는 나에게 돈을 놓고 가나 하는 것도 역시 나에게는 똑같이 풀 수 없는 의문이었다. 내 비록 아내가 내게 놓고 가는 것이 싫지 않았다 하더라도 그것은 다만 그것이 내 손가락에 닿는 순간에서부터 그 벙어리 주둥이에서 자취를 감추기까지의 하잘것없는 짧은 촉각이 좋았달 뿐이지 그 이상 아무 기쁨도 없다.

어느 날 나는 그 벙어리를 변소에 갖다 넣어 버렸다. 그때 벙어리 속에는 몇 푼이나 되는지 모르겠으나 그 은화들이 꽤 들어 있었다.

나는 내가 지구 위에 살며 내가 이렇게 살고 있는 지구가 질풍신뢰[18]의 속력으로 광대무변(廣大無邊)의 공간을 달리고 있다는 것을 생각했을 때 참 허망하였다. 나는 이렇게 부지런한 지구 위에서는 현기증도 날 것 같고 해서 한시바삐 내려 버리고 싶었다.

이불 속에서 이런 생각을 하고 난 뒤에는 나는 그 은화를 그 벙어리에 넣고 하는 것조차도 귀찮아졌다. 나는 아내가 손수 벙어리를 사용하였으면 하고 희망하였다. 벙어리도 돈도 사실은 아내에게만 필요한 것이지 내게는 애초부터 의미가 전연 없는 것이었으니까 될 수만 있으면 그 벙어리를 아내가 아내 방으로 가져갔으면 하고 기다렸다. 그러나 아내는 가져가지 않는다. 나는 내가 아내 방으로 가져다 둘까 하고 생각하여 보았으나 그 즈음에는 아내의 내객이 워낙 많아서 내가 아내 방에 가 볼 기회가 도무지 없었다. 그래서 나는 하는 수 없이 변소에 갖다 집어넣어 버리고 만 것이다.

---

18 질풍신뢰(疾風迅雷) : 빠르고 세찬 바람과 무섭게 울리는 천둥이라는 뜻으로 '몹시 빠르고 세찬 기세'를 비유하여 이르는 말.

나는 서글픈 마음으로 아내의 꾸지람을 기다렸다. 그러나 아내는 끝내 아무 말도 나에게 묻지도 하지도 않았다. 않았을 뿐 아니라 여전히 돈은 돈대로 내 머리맡에 놓고 가지 않나! 내 머리맡에는 어느덧 은화가 꽤 많이 모였다.
　내객이 아내에게 돈을 놓고 가는 것이나 아내가 내게 돈을 놓고 가는 것이나 일종의 쾌감 — 그 외의 다른 아무런 이유도 없는 것이 아닐까 하는 것을 나는 또 이불 속에서 연구하기 시작하였다. 그러나 그것은 이불 속의 연구로는 알 길이 없었다. 쾌감, 쾌감 하고 나는 뜻밖에도 이 문제에 대해서만 흥미를 느꼈다.
　아내는 물론 나를 늘 감금하여 두다시피 하여 왔다. 내게 불평이 있을 리 없다. 그런 중에서 나는 그 쾌감이라는 것의 유무를 체험하고 싶었다.
　나는 아내의 밤 외출 틈을 타서 밖으로 나왔다. 나는 거리에서 잊어버리지 않고 가지고 나온 은화를 지폐로 바꾼다. 오 원이나 된다. 그것을 주머니에 넣고 나는 목적을 잃어버리기 위하여 얼마든지 거리를 쏘다녔다. 오래간만에 보는 거리는 거의 경이에 가까울 만큼 내 신경을 흥분시키지 않고는 마지않았다. 나는 금시에 피곤하여 버렸다. 그러나 나는 참았다. 그리고 밤이 이슥하도록 까닭을 잊어버린 채 이 거리 저 거리로 지향 없이 헤매었다. 돈은 물론 한 푼도 쓰지 않았다. 돈을 쓸 아무 엄두도 나서지 않았다. 나는 벌써 돈을 쓰는 기능을 완전히 상실한 것 같았다.
　나는 과연 피로를 이 이상 견디기가 어려웠다. 나는 가까스로 내 집을 찾았다. 나는 내 방으로 가려면 아내 방을 통과하지 아니하면 안 될 것을 알고, 아내에게 내객이 있나 없나를 걱정하면서 미닫이 앞에서 좀 거북살스럽게 기침을 한 번 했더니, 이것은 참 또 너무 암상스럽게 미닫이가 열리면서 아내의 얼굴과 그 등 뒤에 낯선 남자의 얼굴이 이쪽을 내다보는 것이다. 나는 별안간 내어 쏟아지는 불빛에 눈이 부셔서 좀 머뭇머뭇했다.

나는 아내의 눈초리를 못 본 것은 아니다. 그러나 나는 모른 체하는 수밖에 없었다. 왜? 나는 어쨌든 아내의 방을 통과하지 아니하면 안 되니까…….

나는 이불을 뒤집어썼다. 무엇보다도 다리가 아파서 견딜 수가 없었다. 이불 속에서는 가슴이 울렁거리면서 암만해도 까무러칠 것만 같았다. 걸을 때는 몰랐더니 숨이 차다. 등에서 식은땀이 쭉 내배인다. 나는 외출한 것을 후회하였다. 이런 피로를 잊고 어서 잠이 들었으면 좋았다. 한잠 잘 자고 싶었다.

얼마 동안이나 비스듬히 엎드려 있었더니 차츰차츰 뚝딱거리는 가슴 동계가 가라앉는다. 그만해도 우선 살 것 같았다. 나는 몸을 돌쳐 반듯이 천장을 향하여 눕고 쭉 다리를 뻗었다.

그러나 나는 또다시 가슴의 동계[19]를 피할 수 없게 되었다. 아랫방에서 아내와 그 남자의, 내 귀에도 들리지 않을 만큼 낮은 목소리로 소곤거리는 기척이 장지 틈으로 전하여 왔던 것이다. 청각을 더 예민하게 하기 위하여 나는 눈을 떴다. 그리고 숨을 죽였다.

그러나 그때는 벌써 아내와 남자는 앉았던 자리를 툭툭 털며 일어섰고, 일어서면서 옷과 모자 쓰는 기척이 나는 듯하더니 이어 미닫이가 열리고 구두 뒤축 소리가 나고, 그리고 뜰에 내려서는 소리가 쿵 하고 나면서 뒤를 따르는 아내의 고무신 소리가 두어 발짝 찍찍 나고 사뿐사뿐 나나 하는 사이에 두 사람 발소리가 대문간 쪽으로 사라졌다.

---

19 동계(動悸) : 심장의 고동이 보통 때보다 심하여 가슴이 울렁거리는 일.

나는 아내의 이런 태도를 본 일이 없다. 아내는 어떤 사람과도 결코 소곤거리는 법이 없다. 나는 윗방에서 이불을 쓰고 누웠는 동안에도 혹 술이 취해서 혀가 잘 돌아가지 않는 내객들의 담화는 더러 놓치는 수가 있어도 아내의 높지도 낮지도 않은 말소리는 일찍이 한마디도 놓쳐 본 일이 없다. 더러 내 귀에 거슬리는 소리가 있어도 나는 그것이 태연한 목소리로 내 귀에 들렸다는 이유로 충분히 안심이 되었다.

그러던 아내의 이런 태도는 필시 그 속에 여간하지 않은 사정이 있는 듯한 생각이 되고 내 마음은 좀 서운했으나 그러나 그보다도 나는 좀 너무 피로해서 오늘만은 이불 속에서 아무것도 연구치 않기로 굳게 결심하고 잠을 기다렸다. 잠은 좀처럼 오지 않았다. 대문간에 나간 아내도 좀처럼 들어오지 않았다. 그러는 동안에 흐지부지 나는 잠이 들어 버렸다. 꿈이 얼쑹덜쑹 종을 잡을 수 없는 거리의 풍경을 여전히 헤맸다.

나는 몹시 흔들렸다. 내객을 보내고 들어온 아내가 잠든 나를 잡아 흔드는 것이다. 나는 눈을 번쩍 뜨고 아내의 얼굴을 쳐다보았다. 아내의 얼굴에는 웃음이 없다. 나는 좀 눈을 비비고 아내의 얼굴을 자세히 보았다. 노기가 눈초리에 떠서 얇은 입술이 바르르 떨린다. 좀처럼 이 노기가 풀리기는 어려울 것 같았다. 나는 그대로 눈을 감아 버렸다. 벼락이 내리기를 기다린 것이다. 그러나 쌔근 하는 숨소리가 나면서 푸스스 아내의 치맛자락 소리가 나고 장지가 여닫히며 아내는 아내 방으로 들어갔다. 나는 다시 몸을 돌쳐 이불을 뒤집어쓰고는 개구리처럼 엎드리고, 엎드려서 배가 고픈 가운데도 오늘밤의 외출을 또 한 번 후회하였다.

나는 이불 속에서 아내에게 사죄하였다. 그것은 너의 오해라고…….

나는 사실 밤이 퍽이나 이슥한 줄만 알았던 것이다. 그것이 네 말마따나 자정 전인 줄은 정말이지 꿈에도 몰랐다. 나는 너무 피곤하였다. 오래간만에 나는 너무 많이 걸은 것이 잘못이다.

내 잘못이라면 잘못은 그것밖에 없다. 외출은 왜 하였더냐고?

나는 그 머리맡에 저절로 모인 오 원 돈을 아무에게라도 좋으니 주어 보고 싶었던 것이다. 그뿐이다. 그러나 그것도 내 잘못이라면 나는 그렇게 알겠다. 나는 후회하고 있지 않나?

내가 그 오 원 돈을 써 버릴 수가 있었던들 나는 자정 안에 집에 돌아올 수 없었을 것이다. 그러나 거리는 너무 복잡하였고 사람은 너무도 들끓었다.

나는 어느 사람을 붙들고 그 오 원 돈을 내어 주어야 할 지 갈피를 잡을 수가 없었다. 그러는 동안에 나는 여지없이 피곤해 버리고 말았던 것이다.

나는 무엇보다도 좀 쉬고 싶었다. 눕고 싶었다. 그래서 나는 하는 수 없이 집으로 돌아온 것이다. 내 짐작 같아서는 밤이 어지간히 늦은 줄만 알았는데 그것이 불행히도 자정 전이었다는 것은 참 안된 일이다. 미안한 일이다. 나는 얼마든지 사죄하여도 좋다. 그러나 종시 아내의 오해를 풀지 못하였다. 하면 내가 이렇게까지 사죄하는 보람은 그럼 어디 있나? 한심하였다.

한 시간 동안을 나는 이렇게 초조하게 굴지 않으면 안 되었다. 나는 이불을 휙 젖혀버리고 일어나서 장지를 열고 아내 방으로 비칠비칠 달려갔던 것이다. 내게는 거의 의식이라는 것이 없었다. 나는 아내 이불 위에 엎드리면서 바지 포켓 속에서 그 돈 오 원을 꺼내 아내의 손에 쥐어준 것을 간신히 기억할 뿐이다.

이튿날 잠이 깨었을 때, 나는 내 아내 방 아내 이불 속에 있었다. 이것이 33번지에서 살기 시작한 이래 내가 아내 방에서 잔 맨 처음이었다.

해가 들창에 훨씬 높았는데 아내는 이미 외출하고 벌써 내 곁에 있지는 않다. 아니! 아내는 엊저녁 내가 의식을 잃은 동안에 외출한 것인지도 모른다.

　그러나 나는 그런 것을 조사하고 싶지 않았다. 다만 전신이 찌뿌드드한 것이 손가락 하나 꼼짝할 힘조차 없었다. 책보다 좀 작은 면적의 볕이 눈이 부시다. 그 속에서 수없이 먼지가 흡사 미생물처럼 난무한다. 코가 칵 막히는 것 같다. 나는 다시 눈을 감고 이불을 푹 뒤집어쓰고 낮잠을 자기에 착수하였다. 그러나 코를 스치는 아내의 체취는 꽤 도발적이었다. 나는 몸을 여러 번 여러 번 비비 꼬면서 아내의 화장대에 늘어선 그 가지각색 화장품 병들과 그 병들의 마개를 뽑았을 때 풍기던 내음새를 더듬느라고 좀처럼 잠은 들지 않은 것을 나는 어찌하는 수도 없었다.

　견디다 못하여 나는 그만 이불을 걷어차고 벌떡 일어나서 내 방으로 갔다. 내 방에는 다 식어빠진 내 끼니가 가지런히 놓여 있는 것이다. 아내는 내 모이를 여기다 주고 나간 것이다. 나는 우선 배가 고팠다. 한 숟갈을 입에 떠 넣었을 때 그 촉감은 참 너무도 냉회와 같이 싸늘하였다.

　나는 숟갈을 놓고 내 이불 속으로 들어갔다. 하룻밤을 비었던 내 이부자리는 여전히 반갑게 나를 맞아준다. 나는 내 이불을 뒤집어쓰고 이번에는 참 늘어지게 한잠 잤다. 잘…….

　내가 잠을 깬 것은 전등이 켜진 뒤다. 그러나 아내는 아직도 돌아오지 않았나 보다. 아니! 들어왔다 또 나갔는지도 알 수 없다. 그러나 그런 것을 상고하여 무엇 하나?

　정신이 한결 난다. 나는 지난밤 일을 생각해 보았다. 그 돈 오 원을 아내 손에 쥐어 주고 넘어졌을 때에 느낄 수 있었던 쾌감을 나는 무엇이라고 설명할 수가 없었다. 그러니 내객들이 내 아내에게 돈 놓고 가는 심리며 내 아내가 내게 돈 놓고 가는 심리의 비밀을 나는 알아낸 것 같아서 여간 즐거운 것이 아니다.

나는 속으로 빙그레 웃어 보았다.

이런 것을 모르고 오늘까지 지내 온 내 자신이 어떻게 우스꽝스러워 보이는지 몰랐다.

따라서 나는 또 오늘 밤에도 외출하고 싶었다. 그러나 돈이 없다. 나는 또 엊저녁에 그 돈 오 원을 한꺼번에 아내에게 주어 버린 것을 후회하였다. 또 그 벙어리를 변소에 갖다 처넣어 버린 것을 후회하였다. 나는 실없이 실망하면서 습관처럼 그 돈 오 원이 들어 있던 내 바지 포켓에 손을 넣어 한번 휘둘러보았다. 뜻밖에도 내 손에 쥐어지는 것이 있었다. 이 원밖에 없다. 그러나 많아야 맛이 아니다. 얼마간이고 있으면 된다. 나는 그만한 것이 여간 고마운 것이 아니었다.

나는 기운을 얻었다. 나는 그 단벌 다 떨어진 코르덴[20] 양복을 걸치고 배고픈 것도 주제 사나운 것도 다 잊어버리고 활갯짓을 하면서 또 거리로 나섰다. 나서면서 나는 제발 시간이 화살 닫듯 해서 자정이 어서 홱 지나버렸으면 하고 조바심을 태웠다. 아내에게 돈을 주고 아내 방에서 자 보는 것은 어디까지든지 좋았지만 만일 잘못해서 자정 전에 집에 들어갔다가 아내의 눈총을 맞은 것은 여간 무서운 일이 아니었다.

나는 저물도록 길가 시계를 들여다보고 하면서 또 지향 없이 거리를 방황하였다. 그러나 이날은 좀처럼 피곤하지는 않았다. 다만 시간이 좀 너무 더디게 가는 것만 같아서 안타까웠다.

경성역[21] 시계가 확실히 자정이 지난 것을 본 뒤에 나는 집을 향하였다. 그날은 그 일각 대문에서 아내와 아내의 남자가 이야기하고 섰는 것을 만났다. 나는 모른 체하고 두 사람 곁을 지나서 내 방으로 들어갔다.

---

20 코르덴 : 무명실로 골이 지게 첨모직(添毛織)으로 짠 직물.
21 경성역 : 일제 강점기 서울역의 이름.

뒤이어 아내도 들어왔다. 와서는 이 밤중에 평생 안 하던 쓰레질[22]을 하는 것이다. 조금 있다가 아내가 눕는 기척을 엿듣자마자 나는 또 장지를 열고 아내 방으로 가서 그 돈 이 원을 아내 손에 덥석 쥐어주고, 그리고 하여간 그 이 원을 오늘밤에도 쓰지 않고 도로 가져온 것이 참 이상하다는 듯이 아내는 내 얼굴을 몇 번이고 엿보고 – 아내는 드디어 아무 말도 없이 나를 자기 방에 재워 주었다. 나는 이 기쁨을 세상의 무엇과도 바꾸고 싶지 않았다. 나는 편히 잘 잤다.

이튿날도 내가 잠이 깨었을 때는 아내는 보이지 않았다. 나는 또 내 방으로 가서 피곤한 몸이 낮잠을 잤다. 내가 아내에게 흔들려 깨었을 때는 역시 불이 들어온 뒤였다. 아내는 자기 방으로 나를 오라는 것이다. 이런 일은 또 처음이다. 아내는 끊임없이 얼굴에 미소를 띠고 내 팔을 이끄는 것이다. 나는 이런 아내의 태도 이면에 엔간치 않은 음모가 숨어 있지나 않은가 하고 적이 불안을 느끼지 않을 수 없었다.

나는 아내의 하자는 대로 아내 방으로 끌려갔다. 아내 방에는 저녁 밥상이 조촐하게 차려져 있는 것이다. 생각하여 보면 나는 이틀을 굶었다. 나는 지금 배고픈 것까지도 긴가 민가 잊어버리고 어름어름하던 차다.

나는 생각하였다. 이 최후의 만찬을 먹고 나자마자 벼락이 내려도 나는 차라리 후회하지 않을 것을. 사실 나는 인간 세상이 너무나 심심해서 못 견디겠던 차다. 모든 일이 성가시고 귀찮았으나, 그러나 불의의 재난이라는 것은 즐겁다. 나는 마음을 턱 놓고 조용히 아내와 마주앉아 이 해괴한 저녁밥을 먹었다.

우리 부부는 이야기하는 법이 없었다. 밥을 먹은 뒤에도 나는 말이 없이 그냥 부스스 일어나서 내 방으로 건너가 버렸다. 아내는 나를 붙잡지

---

[22] 쓰레질 : 비로 쓸어 청소하는 일.

않았다.

　나는 벽에 기대어 앉아서 담배를 한 대 피워 물고, 그리고 벼락이 떨어질 테거든 어서 떨어져라 하고 기다렸다.
　오 분! 십 분! …….
　그러나 벼락은 내리지 않았다. 긴장이 차츰 늘어지기 시작한다. 나는 어느덧 오늘 밤에도 외출할 것을 생각하고 돈이 있었으면 하고 생각하고 있었다.
　그러나 돈은 확실히 없다. 오늘은 외출하여도 나중에 올 무슨 기쁨이 있다. 나는 앞이 그저 아뜩하였다. 나는 화가 나서 이불을 뒤집어쓰고 이리 뒹굴 저리 뒹굴 굴렀다. 금시 먹은 밥이 목으로 자꾸 치밀어 올라온다. 메스꺼웠다.
　하늘에서 얼마라도 좋으니 왜 지폐가 소낙비처럼 퍼붓지 않나? 그것이 그저 한없이 야속하고 슬펐다.
　나는 이렇게 밖에 돈을 구하는 아무런 방법도 알지는 못했다. 나는 이불 속에서 좀 울었나 보다. 돈이 왜 없느냐면서…….
　그랬더니 아내가 또 내 방에 왔다. 나는 깜짝 놀라 아마 이제야 벼락이 내리려나 보다 하고 숨을 죽이고 두꺼비 모양으로 엎드려 있었다. 그러나 떨어진 입을 새어나오는 아내의 말소리는 참 부드러웠다. 정다웠다. 아내는 내가 왜 우는지를 안다는 것이다. 돈이 없어서 그러는 게 아니란다. 나는 실없이 깜짝 놀랐다. 어떻게 저렇게 사람의 속을 환하게 들여다보는고 해서 나는 한편으로 슬그머니 겁도 안 나는 것도 아니었으나 저렇게 말하는 것을 보면 아마 내게 돈을 줄 생각이 있나 보다. 만일 그렇다면 오죽이나 좋은 일일까. 나는 이불 속에 뚤뚤 말린 채 고개도 들지 않고 아내의 다음 거동을 기다리고 있으니까, 옛소 하고 내 머리맡에 내려뜨리는 것은 그 가뿐한 음향으로 보아 지폐에 틀림없었다.

그리고 내 귀에다 대고 오늘일랑 어제보다도 좀더 늦게 들어와도 좋다고 속삭이는 것이다. 그것은 어렵지 않다. 우선 그 돈이 무엇보다도 고맙고 반가웠다.

어쨌든 나섰다. 나는 좀 야맹증[23]이다. 그래서 될 수 있는 대로 밝은 거리로 골라서 돌아다니기로 했다. 그리고는 경성역 일, 이등 대합실 한결 티룸에 들렀다. 그것은 내게는 큰 발견이었다. 거기는 우선 아무도 아는 사람이 안 온다. 설사 왔다가도 곧들 가니까 좋다. 나는 날마다 여기 와서 시간을 보내리라 속으로 생각하여 두었다. 제일 여기 시계가 어느 시계보다도 정확하리라는 것이 좋았다.

섣불리 서투른 시계를 보고 그것을 믿고 시간 전에 집에 돌아갔다가 큰 코를 다쳐서는 안 된다.

나는 한 부스에 아무것도 없는 것과 마주앉아서 잘 끓은 커피를 마셨다. 총총한 가운데 여객들은 그래도 한 잔 커피가 즐거운가 보다. 얼른얼른 마시고 무얼 좀 생각하는 것같이 담벼락도 좀 쳐다보고 하다가 곧 나가 버린다. 서글프다. 그러나 내게는 이 서글픈 분위기가 거리의 티룸들의 그 거추장스러운 분위기보다는 절실하고 마음에 들었다. 이따금 들리는 날카로운 혹은 우렁찬 기적 소리가 모차르트보다도 더 가깝다. 나는 메뉴에 적힌 몇 가지 안되는 음식 이름을 치읽고 내리읽고 여러 번 읽었다. 그것들은 아물아물한 것이 어딘가 내 어렸을 때 동무들 이름과 비슷한 데가 있었다.

거기서 얼마나 내가 오래 앉았는지 정신이 오락가락한 중에 객이 슬며시 뜸해지면서 이 구석 저 구석 걷어치우기 시작하는 것을 보면 아마 닫을 시간이 된 모양이다. 11시가 좀 지났구나, 여기도 결코 내 안주의

---

[23] 야맹증 : 밤이나 어둑한 저녁 또는 새벽 무렵에는 시력이 크게 떨어져 눈이 잘 보이지 않게 되는 증세.

곳이 아니구나, 어디 가서 자정을 넘길까, 두루 걱정을 하면서 나는 밖으로 나섰다. 비가 온다.

빗발이 제법 굵은 것이 우비도 우산도 없는 나를 고생을 시킬 작정이다. 그렇다고 이런 괴이한 풍모를 차리고 이 홀에서 어물어물하는 수도 없고 에이, 비를 맞으면 맞았지 하고 나는 그냥 나서 버렸다.

대단히 선선해서 견딜 수가 없다. 골덴 옷이 젖기 시작하더니 나중에는 속속들이 스며들면서 치근거린다. 비를 맞아 가면서도 견딜 수 있는 데까지 거리를 돌아다녀서 시간을 보내려 하였으나, 인제는 선선해서 이 이상은 더 견딜 수가 없다. 오한이 자꾸 일어나면서 이가 딱딱 맞부딪는다. 나는 걸음을 잦추면서 생각하였다. 오늘 같은 궂은 날도 아내에게 내객이 있을라구, 없겠지 하는 생각이 드는 것이다.

집으로 가야겠다. 아내에게 불행히 내객이 있거든 내 사정을 하리라. 사정을 하면 이렇게 비가 오는 것을 눈으로 보고 알아주겠지.

부리나케 와 보니까 그러나 아내에게는 내객이 있었다. 나는 너무 춥고 척척해서 얼떨결에 노크하는 것을 잊었다. 그래서 나는 보면 아내가 좀 덜 좋아할 것을 그만 보았다.

나는 감발[24]자국 같은 발자국을 내면서 덤벙덤벙 아내 방을 디디고 그리고 내 방으로 가서 쭉 빠진 옷을 활활 벗어 버리고 이불을 뒤썼다. 덜덜덜덜 떨린다. 오한이 점점 더 심해 들어온다. 여전히 땅이 꺼져 들어가는 것만 같았다. 나는 그만 의식을 잃어버리고 말았다.

이튿날 내가 눈을 떴을 때 아내는 내 머리맡에 앉아서 제법 근심스러운 얼굴이다. 나는 감기가 들었다. 여전히 으스스 춥고 또 골치가 아프고 입에 군침이 도는 것이 씁쓸하면서 다리팔이 척 늘어져서 노곤하다.

---

24 감발 : 발감개, 또는 발감개를 한 차림새.

아내는 내 머리를 쓱 짚어 보더니 약을 먹어야지 한다. 아내 손이 이마에 선뜩한 것을 보면 신열이 어지간한 모양인데 약을 먹는다면 해열제를 먹어야지 하고 속생각을 하자니까 아내는 따뜻한 물에 하얀 정제약 네 개를 준다. 이것을 먹고 한잠 푹 자고 나면 괜찮다는 것이다. 나는 널름 받아먹었다. 쌉싸름한 것이 짐작 같아서는 아마 아스피린인가 싶다.

나는 다시 이불을 쓰고 단번에 그냥 죽는 것처럼 잠이 들어버렸다.

나는 콧물을 훌쩍훌쩍하면서 여러 날을 앓았다. 앓는 동안에 끊이지 않고 그 정제 약을 먹었다. 그러는 동안에 감기도 나았다. 그러나 입맛은 여전히 소태[25]처럼 썼다.

나는 차츰 또 외출하고 싶은 생각이 났다. 그러나 아내는 나더러 외출하지 말라고 이르는 것이다. 이 약을 날마다 먹고, 그리고 가만히 누워 있으라는 것이다. 공연히 외출을 하다가 이렇게 감기를 들어서 저를 고생시키는 게 아니냔다. 그도 그렇다. 그럼 외출을 하지 않겠다고 맹세하고 그 약을 연복하여 몸을 좀 보해 보리라고 나는 생각하였다.

나는 날마다 이불을 뒤집어쓰고 밤이나 낮이나 잤다. 유난스럽게 밤이나 낮이나 졸려서 견딜 수가 없는 것이다. 나는 이렇게 잠이 자꾸만 오는 것은 내가 훨씬 몸이 튼튼해진 증거라고 굳게 믿었다.

나는 아마 한 달이나 이렇게 지냈나 보다. 내 머리와 수염이 좀 너무 자라서 후춧해서[26] 견딜 수가 없어서 내 거울을 좀 보리라고 아내가 외출한 틈을 타서 나는 아내 방으로 가서 아내의 화장대 앞에 앉아 보았다. 상당하다. 수염과 머리가 참 상당하였다.

---

[25] 소태 : 한약재로 쓰이는 매우 쓴 소태나무의 껍질.
[26] 후춧하다 : 약간 갑갑할 정도로 더운.

오늘은 이발을 좀 하리라고 생각하고 겸사겸사 그 화장품 병들 마개를 뽑고 이것저것 맡아 보았다. 한동안 잊어버렸던 향기 가운데서는 몸이 배배 꼬일 것 같은 체취가 전해 나왔다. 나는 아내의 이름을 속으로만 한 번 불러 보았다. '연심이…….' 하고.

오래간만에 돋보기 장난도 하였다. 거울 장난도 하였다. 창에 든 볕이 여간 따뜻한 것이 아니었다. 생각하면 오월이 아니냐.

나는 커다랗게 기지개를 한 번 켜보고 아내 베개를 내려 베고 벌떡 자빠져서는 이렇게도 편안하고 즐거운 세월을 하느님께 흠씬 자랑하여 주고 싶었다. 나는 참 세상의 아무것과도 교섭을 가지지 않는다. 하느님도 아마 나를 칭찬할 수도 처벌할 수도 없는 것 같다.

그러나 다음 순간 실로 세상에도 이상스러운 것이 눈에 띄었다. 그것은 최면약 아달린 갑이었다. 나는 그것을 아내의 화장대 밑에서 발견하고 그것이 흡사 아스피린처럼 생겼다고 느꼈다. 나는 그것을 열어 보았다. 꼭 네 개가 비었다.

나는 오늘 아침에 네 개의 아스피린을 먹은 것을 기억하고 있었다. 나는 잤다. 어제도 그제도 그끄제도……. 나는 졸려서 견딜 수가 없었다. 나는 감기가 다 나았는데도 아내는 내게 아스피린을 주었다. 내가 잠이 든 동안에 이웃에 불이 난 일이 있다. 그때에도 나는 자느라고 몰랐다. 이렇게 나는 잤다. 나는 아스피린으로 알고 그럼 한 달 동안을 두고 아달린을 먹어 온 것이다. 이것은 좀 너무 심하다.

별안간 아득하더니 하마터라면 나는 까무러칠 뻔하였다. 나는 그 아달린을 주머니에 넣고 집을 나섰다. 그리고 산을 찾아 올라갔다.

인간 세상에 아무것도 보기가 싫었던 것이다. 걸으면서 나는 아무쪼록 아내에 관계 되는 일은 생각하지 않도록 노력하였다. 길에서 까무러치기 쉬우니까다. 나는 어디라도 양지가 바른 자리를 하나 골라 자리를 잡아 가지고 서서히 아내에 관하여 연구할 작정이었다. 나는 길가의 돌장판, 구경도 못한 진개나리꽃, 종달새, 돌멩이도 새끼를 까는 이야기, 이런 것만 생각하였다. 다행히 길가에서 나는 졸도하지 않았다.

거기에는 벤치가 있었다. 나는 거기 정좌하고 그리고 그 아스피린과 아달린에 관하여 연구하였다. 그러나 머리가 도무지 혼란하여 생각이 체계를 이루지 않는다. 단 오 분이 못 가서 나는 그만 귀찮은 생각이 번쩍 들면서 심술이 났다. 나는 주머니에서 가지고 온 아달린을 꺼내 남은 여섯 개를 한꺼번에 질겅질겅 씹어 먹어 버렸다. 맛이 익살맞다. 그리고 나서 나는 그 벤치 위로 가로 기다랗게 누웠다. 무슨 생각으로 내가 그따위 짓을 했나? 알 수가 없다. 그저 그러고 싶었다. 나는 게서 그냥 깊이 잠이 들었다. 잠결에도 바위틈을 흐르는 물소리가 졸졸 하고 언제까지나 귀에 어렴풋이 들려왔다.

내가 잠을 깨었을 때는 날이 환히 밝은 뒤다. 나는 거기서 일주야를 잔 것이다. 풍경이 그냥 노오랗게 보인다. 그 속에서도 나는 번개처럼 아스피린과 아달린이 생각났다.

아스피린, 아달린, 아스피린, 아달린, 맑스, 말사스, 마도로스, 아스피린, 아달린······.

아내는 한 달 동안 아달린을 아스피린이라고 속이고 내게 먹였다. 그것은 아내 방에서 아달린 갑이 발견된 것으로 미루어 증거가 너무나 확실하다.

무슨 목적으로 아내는 나를 밤이나 낮이나 재워야만 됐나?

나를 밤이나 낮이나 재워 놓고, 그리고 아내는 내가 자는 동안에 무슨 짓을 했나? 나를 조금씩 조금씩 죽이려던 것일까? 그러나 또 생각하여 보면 내가 한 달을 두고 먹어 온 것은 아스피린이었는지도 모른다. 아내가 무슨 근심이 되는 일이 있어서 밤이면 잠이 잘 오지 않아서 정작 아내가 아달린을 사용한 것이나 아닌지? 그렇다면 나는 참 미안하다. 나는 아내에게 이렇게 큰 의혹을 가졌다는 것이 참 안됐다.

나는 그래서 부리나케 거기서 내려왔다. 아랫도리가 홰홰 내어 저이면서 어찔어찔한 것을 나는 겨우 집을 향하여 걸었다.

여덟 시 가까이였다.

나는 내 잘못된 생각을 죄다 일러바치고 아내에게 사죄하려는 것이다. 나는 너무 급해서 그만 또 말을 잊어버렸다. 그랬더니 이건 참 너무 큰일 났다. 나는 내 눈으로는 절대로 보아서는 안 될 것을 그만 딱 보아 버리고 만 것이다.

나는 얼떨결에 그만 냉큼 미닫이를 닫고 현기증이 나는 것을 진정시키느라고 잠깐 고개를 숙이고 눈을 감고 기둥을 짚고 섰자니까, 일 초 여유도 없이 홱 미닫이가 다시 열리더니 매무새를 풀어 헤친 아내가 불쑥 내밀면서 내 멱살을 잡는 것이다. 나는 그만 어지러워서 그냥 나둥그러졌다. 그랬더니 아내는 넘어진 내 위에 덮치면서 내 살을 함부로 물어뜯는 것이다. 아파 죽겠다. 나는 사실 반항할 의사도 힘도 없어서 그냥 넓적 엎디어 있으면서 어떻게 되나 보고 있자니까, 뒤이어 남자가 나오는 것 같더니 아내를 한아름에 덥석 안아 가지고 방으로 들어가는 것이다. 아내가 아무 말 없이 다소곳이 그렇게 안겨 들어가는 것이 내 눈에 여간 미운 것이 아니다. 밉다.

아내는 너 밤 새워 가면서 도둑질하러 다니느냐, 계집질하러 다니느냐고 발악이다. 이것은 참 너무 억울하다. 나는 어안이 벙벙하여 도무지 입이 벌어지지를 않았다. 너는 그야말로 나를 살해하려던 것이 아니냐고 소리를 한 번 꽥 질러 보고도 싶었으나, 그런 긴가민가한 소리를 섣불리 입 밖에 내었다가는 무슨 화를 볼는지 알 수 없다. 차라리 억울하지만 잠자코 있는 것이 우선 상책인 듯 싶이 생각이 들기에, 나는 이것은 또 무슨 생각으로 그랬는지 모르지만 툭툭 털고 일어나서 내 바지 포켓 속에 남은 돈 몇 원 몇 십 전을 가만히 꺼내서는 몰래 미닫이를 열고 살며시 문지방 밑에다 놓고 나서는, 나는 그냥 줄 달음박질을 쳐서 나와 버렸다.

여러 번 자동차에 치일 뻔하면서 나는 그대로 경성역을 찾아갔다. 빈 자리와 마주앉아서 이 쓰디쓴 입맛을 거두기 위하여 무엇으로나 입가심을 하고 싶었다.

커피! 좋다. 그러나 경성역 홀에 한 걸음 들여놓았을 때 나는 내 주머니에 돈이 한 푼도 없는 것을 그것을 깜박 잊었던 것을 깨달았다. 또 아뜩하였다. 나는 어디선가 그저 맥없이 머뭇머뭇하면서 어쩔 줄을 모를 뿐이었다. 얼빠진 사람처럼 그저 이리 갔다 저리 갔다 하면서…….

나는 어디로 어디로 들입다 쏘다녔는지 하나도 모른다. 다만 몇 시간 후에 내가 미쓰꼬시[27] 옥상에 있는 것을 깨달았을 때는 거의 대낮이었다.

나는 거기 아무 데나 주저앉아서 내 자라 온 스물여섯 해를 회고하여 보았다. 몽롱한 기억 속에서는 이렇다는 아무 제목도 불거져 나오지 않았다.

허리를 굽혀서 나는 그저 금붕어나 들여다보고 있었다. 금붕어는 참 잘들도 생겼다. 작은 놈은 작은 놈대로 큰 놈은 큰 놈대로 다 싱싱하니 보기 좋았다. 내려 비치는 오 월 햇살에 금붕어들은 그릇 바탕에 그림자를 내려뜨렸다. 지느러미는 하늘하늘 손수건을 흔드는 흉내를 낸다. 나는 이 지느러미 수효를 헤어 보기도 하면서 굽힌 허리를 좀처럼 펴지 않았다. 등허리가 따뜻하다.

---

[27] 미쓰꼬시 : 일본 백화점 이름.

나는 또 오탁(汚濁)²⁸의 거리를 내려다보았다. 거기서는 피곤한 생활이 똑 금붕어 지느러미처럼 흐늑흐늑 허비적거렸다. 눈에 보이지 않는 끈적끈적한 줄에 엉켜서 헤어나지를 못한다. 나는 피로와 공복 때문에 무너져 들어가는 몸뚱이를 끌고 그 오탁의 거리 속으로 섞여 가지 않는 수도 없다 생각하였다.

나서서 나는 또 문득 생각하여 보았다. 이 발길이 지금 어디로 향하여 가는 것인지를…….

그때 내 눈앞에 아내의 모가지가 벼락처럼 내려 떨어졌다. 아스피린과 아달린.

우리들은 서로 오해하고 있느니라. 설마 아내가 아스피린 대신에 아달린의 정량을 나에게 먹여 왔을까? 나는 그것을 믿을 수는 없다. 아내가 대체 그럴 까닭이 없을 것이다. 그러면 나는 날밤을 새면서 도둑질을 계집질을 하였나? 정말이지 아니다.

우리 부부는 숙명적으로 발이 맞지 않는 절름발이인 것이다. 나나 아내나 제 거동에 로직을 붙일 필요는 없다. 변해야 할 필요도 없다. 사실은 사실대로 오해는 오해대로 그저 끝없이 발을 절뚝거리면서 세상을 걸어가면 되는 것이다. 그렇지 않을까?

그러나 나는 이 발길이 아내에게로 돌아가야 옳은가, 이것만은 분간하기가 좀 어려웠다. 가야 하나? 그럼 어디로 가나?

이때 뚜우 하고 정오 사이렌이 울었다. 사람들은 모두 네 활개를 펴고 닭처럼 푸드덕거리는 것 같고 온갖 유리와 강철과 대리석과 지폐와 잉크가 부글부글 끓고 수선을 떨고 하는 것 같은 찰나! 그야말로 현란을 극한 정오다.

---

28 오탁(汚濁) : 더럽고 흐림.

나는 불현듯이 겨드랑이가 가렵다. 아하, 그것은 내 인공의 날개가 돋았던 자국이다. 오늘은 없는 이 날개, 머릿속에서는 희망과 야심이 말소된 페이지가 딕셔너리[29] 넘어가듯 번뜩였다.

나는 걷던 걸음을 멈추고, 그리고 일어나 한번 이렇게 외쳐보고 싶었다.

날개야 다시 돋아라.

날자. 날자. 날자. 한 번만 더 날자꾸나.

한 번만 더 날아보자꾸나.

[29] 딕셔너리 : 사전.

메밀꽃 필 무렵

이효석

◈ 작가 소개

이효석(李孝石 1970~1942)

　'가산(可山)' 또는 '아세아(亞細亞)'라는 호를 지닌 이효석(李孝石)은 1907년 강원도 평창군 봉평 산골에서 태어났다. 8살인 1914년 봉평에서 100리가 떨어진 군 소재지 평창공립보통학교(현 평창초등학교)에 입학을 하게 되어 어린시절부터 객지에서 공부를 하게 되었다.
　평창에서는 하숙을 하였는데 휴일에는 종종 봉평집을 다녀오곤 했다. 이때는 우마차가 아니면 특별한 교통수단이 없어 비록 어린 나이지만 효석은 봉평과 평창 사이 100리를 거의 걸어서 다녔다. 집에서 나와 남안리 마을을 거쳐 봉평천(흥정천)에 다다르고 여기에서는 좌편 강변에 있는 동리 물레방아를 만나게 된다. 그 다음은 봉평천 징검다리를 건너 봉평의 성황당을 지나면서 봉평의 본 마을 창동리에 들어와 상가와 주점, 즉 봉평장터 거리를 뚫고 시내를 빠져나오게 되는데 이중 충주집(훗날「메밀꽃 필 무렵」의 작품 속에 나오는 주점)이란 주점도 지나왔었다. 봉평장터에서 장평까지는 20리 길. 이 길을 가다보면 노루목고개(「메밀꽃 필 무렵」작품 속에 나오는 고개)를 넘게 된다. 장평의 개울을 건너면 각각 봉평, 강릉, 평창으로 향하는 장평 삼거리에 닿게 된다. 장평에서 대화까지는 30리, 대화에서 평창까지는 40리 길이다. 6년 동안 효석은 이 100리 길을 왕래하였으니 자연스럽게 절기마다 다른 분위기와 변화해가는 자연의 변화를 느끼기에 충분했던 것이다.
　우등생으로 평창공립보통학교 6년간 과정을 마친 그는 1920년(14세)에 청운의 꿈을 가슴에 안고 더 먼 유학의 길인 경성으로 향한다. 경성제1고등보통학교에 입학하여 이곳에서 현민 유진오를 만나게 되고 수재로 불렸던 두 사람은 이때 깊은 우정을 맺고 문학 쪽으로 재질을 드러낸다. 효석은 산문을, 진오는 시를 창작하면서 서로 평을 주고받는 수학과정을 거치며 서구문학을 섭렵하기도 하고 자작소품들을 투고하기도 하였다. 제일고보를 거쳐 경성제대 영문과를 졸업한 그는 일 못지않게 작품에 대한 집념이 강하여 중앙의 신문, 문예지, 월간잡지 등을 통하여 왕성한 발표를 해 나갔다.
　1929년〈조선지광〉에 단편「도시와 유령」을 발표하면서 문단 생활을 시작한 이효석은 경성농업학교에서 3년간(1931~1934년 초까지) 재직했는데, 이 기간동안 경제적 궁핍을 겪으면서도 생활고에는 아랑 곳하지 않고 오로지 창작의욕에만 불타 있었다고 한다. 그의 작품중 이 때에 쏟아져 나온 작품량이 3분의 1에 해당된다고 한다. 이 당시 문학의 분류는 정리가 미비하였는데, 그의 작품들이 단편소설의 범주를 열어놓은 것으로 평가받고 있다.

30세 되던 해인 1930년 다시 평양의 숭실전문학교로 옮겼으나 이곳에서도 역시 창작의욕을 잃지 않았다. 1935년 차녀 유미가 출생하였고 다음해인 1936년에 그의 대표작「메밀꽃 필 무렵」이 쓰여지기도 하였다. 다시 1937년에 장남 우현이 출생하여 가족은 5명이 되었고, 생활에 대한 빈곤에서도 어느 정도 벗어났다. 이때가 되어서야 비로소 가족과 시간을 나누고 자녀들과 같이 놀기도 하였지만 작품에 대한 의욕은 변함이 없어 가족과는 잠깐씩이었고 작품 쓰기에 힘을 쏟았다고 한다.

1941년 35세 되던 해에 뇌막염으로 자리에 눕게 되고 큰 수술을 받는 곤욕을 치루었다. 그 와중에도 작품은 계속 발표되었으나 병세는 악화되어 1년 후인 1942년 36세가 되는 5월에 다시 눕게 되었고 병원에서도 치료가 불가능해 혼수상태의 날들이 지속되다가 결국 25일 하오에 별세하고 말았다.

❀ 작품 세계

이효석은 어린시절 신소설「추월색」을 읽으면서 문학의 세계에 빠져들게 되었으며 보통학교를 다니는 동안에는 특별히 문학수업을 받지 않고 스스로의 습작을 통해 문학과 가까워졌다고 한다. 고등학교에 입학하면서 문학에 대한 열정은 더욱 강해졌고 이때에는 러시아 소설을 열심히 읽었으며, 특히 체홉의 소설에 심취하여 리얼리즘을 배웠다.

대학시절, 그는 시와 꽁트를 발표하였고 **1927년 최초의 본격적인 소설이라 할 수 있는「주리면… ─ 어떤 생활의 단편」을 발표**했다. 그가 습작기에 발표한 시들은 서구의 시풍을 닮아 있어 세련된 감각은 있으나 그 내용과 정서가 뛰어난 작품들은 아니었으며, 여러 편 발표한 꽁트들도 형식의 완결성이나 내용의 풍부함이 부족한 작품들이었던 것으로 알려진다.

하지만 **1929년 이효석은 단편「도시와 유령」을 발표**하면서 본격적으로 문단에 데뷔했다. 이효석의 초기 작품은「도시와 유령」(1929),「행진곡」(1929),「노령근해(露領近海)」(1930) 등으로 도시의 빈민층과 상류사회의 격화된 갈등과 대비를 통한 사회적 모순의 고발, 노동자, 기생 등 하층민들의 전락과 빈궁한 삶의 실상을 그리고 있다. 당시 정치적 지배 이념이었던 사회주의 사상을 나타내고 있어 그는 일명 '동반자 작가'로 불렸다. 1933년에는 문단작가 김기림·이종명·김유영·유치진·조용만·이태준·정지용·이무영 등으로 결성된 구인회의 회원이기도 했다.

그러나 1930년대 중반으로 들어서면서 종전의 문학적 경향에서 전향, 뛰어난 **서정적 자연 묘사를 보여주는「산」(1936),「들」(1936),「메밀꽃 필 무렵」(1936),「산정(山精)」(1939) 등의 작품을 발표**한다. 그의 자연주의는 이렇듯「메밀꽃 필 무렵」에서 시적 서정성을 극명히 드러내며 반사회적, 반문명적, 반도시적인 의미의 자연을 추구했다.

이효석 문학의 특징은 언어와 문체의 서정적 미학이다. 그의 문체는 기존의 작가들이 이룩한 문체 미학을 거부하는 독자적이고 개성적인 문체로 1930년대 가장 수준 높은 문체로 평가 받고 있다. 시적 정서의 표현을 도입하고 그것을 서정적 미학의 수준까지 끌어올렸다는 점이 바로 그것이다. 또한 이효석 문학의 또 하나의 특징은 에로티시즘이다. 애욕(愛慾)의 예찬이 가장 핵심적인 모티브라 할 수 있다.

* 짚고넘어가기
동반자 작가 : 러시아 공산주의 혁명 당시 공산주의 운동에는 직접 참가하지 않으면서 혁명운동에 동조하던 작가를 가리키는 말로 러시아 혁명 당시 쓰이던 용어이다. 우리나라의 동반자 작가 활동은 계급주의 문학운동이 왕성하게 일어난 1920년대 말부터 계급주의 문학이 일제로부터 탄압을 받으며 해체되기 시작하는 1930년대 초반까지 이루어졌다. 1930년대 초반 이후부터 동반자 작가들은 각자 새로운 문학경향으로 변화하였다. 우리나라의 주요 작가로는 이효석, 유진오, 이무영, 채만식, 조벽암, 엄흥섭, 홍효민, 박화성, 안덕근, 유치진, 최정희 등이 있다.

줄거리

　　어느 여름 메밀꽃이 눈부시게 필 무렵 강원도 봉평에 5일장이 열린다. 해도 넘어가기 전 인데도 장은 한산해져 파장 분위기로 돌아서고 이에 허 생원은 조 선달과 함께 충주집에 간다. 하지만 그곳에서 그는 나이 어린 동이가 작부들과 농지거리를 하는 것을 보고 순간적으로 화가 나서 동이의 따귀를 갈겨 준다. 허 생원과 동이는 그때까지만해도 그리 막역한 사이가 아닌데도 불구하고 손찌검을 했으니 허생원으로서는 마음이 편치 못했다.
　　허 생원에게 따귀를 맞고도 말 한마디없이 자리를 비웠던 동이는 오히려 장판 각다귀들의 장난에 허 생원의 당나귀가 놀라 날뛰자 달려와 알려준다. 이로 인해 허 생원과 조 선달, 동이 세 사람은 다음 장터인 대화로 가기 위해 밤길을 동행하게 된다.
　　달빛 아래 소금을 뿌린 듯 하얗게 핀 메밀밭을 지나면서 허 생원은 자연스럽게 그 옛날 메밀꽃 필 렵 한밤중에 자신이 만났던 어느 처녀와의 특별한 이야기를 들려준다. 그는 자신이 젊은 시절, 지금처럼 **메밀꽃이 피던 여름 봉평장에서 장을 보고 객주집에서 머물던 날 밤 봉평에 있는 어느 물방앗간에서 성서방네 처녀와 우연히 만나 하룻밤을 함께 지낸 뒤 다시는 그녀를 만나지 못하게 된 사연**을 들려주었다. 그 애틋한 사연 때문에 20여 년동안 봉평장을 다니게 되었다는 허 생원은 얘기를 끝낸 후 충주집에서는 자신의 실수였다며 화해를 구한다.
　　그러자 이어서 동이는 오히려 자신이 부끄러운 행동을 했다면서 허 생원에게 자기 어머니의 얘기를 들려준다. 어머니가 달도 차기 전에 자신을 낳고 집에서 쫓겨나서 자신은 아버지의 얼굴도 모른다는 것이었다. 또 어머니의 고향이 봉평이라는 사실을 말한다. 동이의 말에 놀란 것일까. 다리 없는 개울을 건너다가 허 생원이 발을 헛디뎌 물에 빠지고 그를 동이가 구해서 업어 구해준다. 동이의 이야기를 듣고 난 허 생원은 대화장을 본 후에는 동이의 어머니가 있다는 제천으로 갈 작정임을 내비춘다. 그리고 다시 당나귀와 함께 길을 걷던 허 생원은 동이가 자신과 같은 왼손잡이라는 사실을 알아차린다.

작품 분석

소설 「메밀꽃필무렵」은 이효석의 대표작일 뿐만 아니라 한국 현대문학사의 대표작으로 손꼽힐 만큼 뛰어난 작품으로 평가되고 있다. 이 작품은 만남과 헤어짐, 그리움, 떠돌이 장돌뱅이의 애수 등이 아름다운 자연과 융화되어 미학적인 세계로 승화된 단편소설의 백미로 알려져 있다. 또한 한국적인 자연의 아름다움을 배경으로 인간의 순박한 본성을 그려내는 주제 의식과 달밤의 메밀밭을 묘사한 시적인 문체가 뛰어나 우리 문학의 수준을 한 층 더 높이는 데 기여한 작품으로 불린다.

이 소설은 사람들에게 고향이 느껴지게 하는 시골의 정경들과 장돌뱅이들의 유랑 생활, 그리고 지식인 계층이 즐겨 쓰는 관념어가 거의 배제되고 생활속에서 자연스럽게 녹아드는 토속어가 사용됨으로써 작품의 호소력을 더해 주고 있다. 공간의 미학과 깊은 의미도 두드러진다. 메밀꽃 핀 달밤의 개울과 장터 두개의 공간은 서로 대립되면서도 각각 현실의 세계와 몽상의 세계임을 드러낸다. 장터는 허 생원에게 있어서 불행의 공간이라면 메밀밭 달밤 개울은 그의 삶을 행복하게 만드는 공간인 셈이다.

이 작품은 결말에 가서 허 생원과 동이가 사실상 부자지간이라는 점을 감지하게 주고 있다. 봉이 엄마의 고향이 봉평이라는 점, 봉이가 왼손잡이이며 허 생원에게 살갑게 다가오는 봉이의 행동에서 봉이가 그 옛날 성 서방네 처녀가 낳은 아이일거라는 여운을 남긴다. 뿐만 아니라 허 생원과 동이 어머니가 제천에서 해후하게 되리라는 기대도 넌지시 암시하고 있다. 따라서 이 소설은 헤어졌던 혈육이나 가족을 다시 만나게 되는 이를테면 가족 찾기의 원형적인 모티브를 내포하고 있기도 하다.

떠돌이 장사꾼들의 삶은 어렵고 고달프지만 아름다운 자연 묘사에서 비롯되는 낭만적인 분위기는 오히려 그들의 방랑 생활을 아름다운 한폭의 수채화처럼 펼쳐보인다. 장돌뱅이들의 삶의 길과, 그 길에서 늘 함께 하는 달빛, 메밀꽃, 나귀 등의 자연물, 즉 자연과 인간이 만나 아름다운 조화를 이룬다. 작가의 아름다운 시적 문체와 토속적인 언어 구사는 작품 속에서 토속적이면서도 신비적인 분위기를 더욱 더 강하게 느낄 수 있게 한다.

이 작품으로 인해 이효석은 자연과의 친화성을 꾀한 작가, 성(性)의 문제를 도덕적 상상력의 권외에서 접근한 작가, 이국적 취미에 유달리 깊게 빠진 작가 등으로 평가 받고 있다.

작품 개요

출전 : 〈조광〉 (1936년).
구성 : 순행적.
시점 : 전지적 작가 시점.
주제 : 장돌뱅이 삶의 애환과 인간 본연의 애정.
표현의 성격 : 낭만적, 서정적, 시적.

주요 인물 분석

허 생원 : 장돌뱅이자 얽은뱅이, 왼손잡이로 사회로부터 소외된 삶이자 정착하지 못하고 떠돌아다닐 수밖에 없는 삶을 상징한다. 이성에 대한 허 생원의 욕구와 순탄하지 못했던 허 생원의 삶은 당나귀를 통

해 비유적으로 보여준다.
동이 : 허 생원과 성 서방네 처녀의 인연으로 태어난 아들로 암시되는 인물이다. 진솔한 마음을 가진 순박한 성격의 소유자다.
조 선달 : 허 생원과 같이 떠돌아다니는 삶을 사나 정착하여 살고자 하는 꿈을 가진 인물이다.

⏱ 시간과 공간

시간 : 메밀꽃이 피는 시기 – 정서를 순화시키고 사랑의 감정을 불러일으키는 시간.
　　　짐승 같은 달의 숨소리가 들리는 달밤 – 사랑이 이루어지는 시간.
공간 : 장터 – 장돌뱅이들의 삶의 터전.
　　　물레방앗간 – 사랑이 이루어지는 공간.
　　　길 – 삶의 흔적을 확인하는 공간.

메밀꽃 필 무렵

여름장이란 애시 당초에 글러서, 해는 아직 중천에 있건만 장판은 벌써 쓸쓸하고 더운 햇발이 벌여 놓은 전 휘장[1] 밑으로 등줄기를 훅훅 볶는다. 마을 사람들은 거의 돌아간 뒤요, 팔리지 못한 나무꾼 패가 길거리에 궁싯거리고들 있으나 석유병이나 받고 고깃마리나 사면 족할 이 축들을 바라고 언제까지든지 버티고 있을 법은 없다.

 춥춥스럽게 더럽고 염치없게 날아드는 파리 떼도, 장난꾼 각다귀[2]들도 귀찮다. 얼금뱅이요 왼손잡이인 드팀전[3]의 허 생원은 기어코 동업의 조 선달을 낚아 보았다.

 "그만 거둘까."

 "잘 생각했네. 봉평장에서 한 번이나 흐뭇하게 사 본 일 있었을까. 내일 대회장에서나 한몫 벌어야겠네."

 "오늘밤은 밤을 새서 걸어야 될 걸."

---

[1] 휘장(揮帳) : 여러 폭의 피륙을 이어서 만든, 둘러치는 막. 천막의 일종이다.
[2] 각다귀 : 각다귓과에 속하는 곤충들의 총칭. 모기와 비슷하나 훨씬 크고 다리가 길다.
[3] 드팀전 : 온갖 피륙을 파는 가게.

"달이 뜨렸다."

절렁절렁 소리를 내며 조 선달이 그날 산 물건을 팔아서 바꾼 돈을 따지는 것을 보고 허 생원은 말뚝에서 넓은 휘장을 걷고 벌여 놓았던 물건을 거두기 시작하였다. 무명필과 주단 바리[4]가 고리짝[5]에 꼭 찼다. 멍석 위에는 천 조각이 어수선하게 남았다. 다른 축들도 벌써 거의 전들을 걷고 있었다. 약빠르게 떠나는 패도 있었다. 어물장수도 땜장이도 엿장수도 생강장수도 꼴들이 보이지 않았다. 내일은 진부와 대화에 장이 선다. 축들은 그 어느 쪽으로든지 밤을 새며 육칠십 리 밤길을 타박거리지[6] 않으면 안 된다. 장판은 잔치 뒤 마당같이 어수선하게 벌어지고 술집에서는 싸움이 터져 있었다. 주정꾼 욕지거리에 섞여 계집의 앙칼진 목소리가 찢어졌다. 장날 저녁은 정해 놓고 계집의 고함 소리로 시작되는 것이다.

"생원, 시침을 떼두 다 아네. ……충주집 말야."

계집 목소리로 문득 생각난 듯이 조 선달은 비죽이 웃는다.

"화중지병[7]이지. 면소패들을 적수로 하구야 대구리가 돼야 말이지."

"그렇지두 않을 걸. 축들이 사족을 못 쓰는 것두 사실은 사실이나, 아무리 그렇다군 해두 왜 그 동이 말일세. 감쪽같이 충주집을 후린 눈치거든."

"무어, 그 애숭이가? 물건 가지고 낚았나 부지. 착실한 녀석인 줄 알았더니."

"그 길만은 알 수 있나…… 궁리 말구 가보세나 그려. 내 한턱 씀세."

---

[4] 바리 : 말이나 소의 등에 잔뜩 실은 짐.
[5] 고리짝 : 고리나 대오리로 결어 옷 따위를 넣도록 만든 상자.
[6] 타박거리다 : 힘없는 걸음으로 자꾸 나릿나릿 걷다. 〈큰말〉 터벅거리다. 〈동의어〉 타박대다. 타박타박하다.
[7] 화중지병(畵中之餠) : 그림의 떡. 눈으로 만 볼뿐 가질수 없는 것을 말할 때 쓰인다.

그다지 마음이 당기지 않는 것을 쫓아갔다. 허 생원과 계집과는 연분이 멀었다. 얼금뱅이 상판을 쳐들고 대어설 숫기도 없었으나 계집 편에서 정을 보낸 적도 없었고, 쓸쓸하고 뒤틀린 반생이었다. 충주집을 생각만 하여도 철없이 얼굴이 붉어지고 발밑이 떨리고, 그 자리에 소스라쳐 버린다. 충주집 문을 들어서 술좌석에서 짜장[8] 동이를 만났을 때에는 어찌된 서술엔지 발끈 화가 나 버렸다. 상 위에 붉은 얼굴을 쳐들고 제법 계집들과 농탕치는 것을 보고서야 견딜 수 없었던 것이다. 녀석이 제법 난질꾼 오입쟁이[9]인데 꼴사납다.

"머리에 피도 안 마른 녀석이 낮부터 술 처먹고 계집과 농탕이야. 장돌뱅이 망신만 시키고 돌아다니누나. 그 꼴에 우리들과 한몫 보자는 셈이지."

동이 앞에 막아서면서부터 책망이었다. 걱정두 팔자요 하는 듯이 빤히 쳐다보는 상기된 눈망울에 부딪칠 때, 결김에[10] 따귀를 하나 갈겨 주지 않고는 배길 수 없었다. 동이도 화를 쓰고 팩하고 일어서기는 하였으나, 허 생원은 조금도 동색 하는 법 없이 마음먹은 대로는 다 지껄였다.

"어디서 주워 먹은 선머슴인지는 모르겠으나 네게도 아비 어민 있겠지. 그 사나운 꼴 보면 맘 좋겠다. 장사란 탐탁하게 해야 되지. 계집이 다 무어야, 나가거라. 냉큼 꼴 치워."

그러나 한마디도 대거리하지 않고 하염없이 나가는 꼴을 보려니, 도리어 측은히 여겨졌다. 아직도 서름서름한 사인데 너무 과하지 않았을까 하고 마음이 섬짓해졌다.

"주제도 넘지. 같은 술손님이면서도 아무리 젊다고 자식 낳게 되는 것

---

8 짜장 : 과연, 정말로.
9 오입쟁이 : 오입질(아내 아닌 여자와 성관계를 갖는 일)을 하는 남자(바람둥이)를 일컫는 말.
10 결김에 : 화가 난 김에.

을 붙들고 치고 닦아 셀 것은 무어야 원."

충주집은 입술을 쫑긋하고 술 붓는 솜씨도 거칠었으나, 젊은 애들한테는 그것이 약이 된다나 하고 그 자리는 조 선달이 얼버무려 넘겼다.

"너 녀석한테 반했지? 애숭이를 빨면 죄 된다."

한참 법석을 친 후이다. 담도 생긴데다가 웬일인지 흠뻑 취해보고 싶은 생각도 있어서 허 생원은 주는 술잔이면 거의 다 들이켰다. 거나해짐을 따라 계집 생각보다도 동이의 뒷일이 한결같이 궁금해졌다. 내 꼴에 계집을 가로채서는 어떡할 작정이었누 하고 어리석은 꼬락서니를 모질게 책망하는 마음도 한편에 있었다. 그러기 때문에 얼마나 지난 뒤인지 동이가 헐레벌떡거리며 황급히 부르러 왔을 때에는, 마시던 잔을 그 자리에 던지고 정신없이 허덕이며 충주집을 뛰어나간 것이었다.

"생원 당나귀가 참바[11]를 끊구 야단이에요."

"각다귀들 장난이지 필연코."

짐승도 짐승이려니와 동이의 마음씨가 가슴을 울렸다. 뒤를 따라 장판을 달음질하려니 거슴츠레한 눈이 따가워질 것 같다.

"부락스런 녀석들이라 어쩌는 수 있어야죠."

"나귀를 몹시 구는 녀석들을 그냥 두지는 않을걸."

반평생을 같이 지내온 짐승이었다. 같은 주막에서 잠자고, 같은 달빛에 젖으면서 장에서 장으로 걸어 다니는 동안에 이십 년의 세월이 사람과 짐승을 함께 늙게 하였다.

목 뒤 털은 주인의 머리털과도 같이 바스러지고, 개진 젖은 눈은 주인의 눈과 같이 눈곱을 흘렸다. 몽당비처럼 짧게 쓸리운 꼬리는 파리를 쫓으려고 기껏 휘저어 보아야 벌써 다리까지는 닿지 않았다. 닳아 없어

---

11 참바 : 삼이나 칡 따위로 보통 세 가닥을 지어 굵다랗게 드린 줄. 과거에는 이것을 끈으로 사용했다.

진 굽을 몇 번이나 도려내고 새 철을 신겼는지 모른다. 굽은 벌써 더 자라나기는 틀렸어도 닳아버린 철 사이로는 피가 삐짓이 흘렀다. 냄새만 맡고도 주인을 분간하였다. 호소하는 목소리는 야단스럽게 울며 반겨 한다.

어린아이를 달래듯이 목덜미를 어루만져 주니 나귀는 코를 벌름거리고 입을 투르르거렸다. 콧물이 튀었다. 아이들의 장난이 심한 눈치여서 땀 밴 몸뚱어리가 부들부들 떨리고 좀체 흥분이 식지 않는 모양이었다. 굴레가 벗어지고 안장도 떨어졌다. 요 몹쓸 자식들, 하고 허 생원은 호령을 하였으나 패들은 벌써 줄행랑을 논 뒤요, 몇 남지 않은 아이들이 호령에 놀라 비슬비슬¹² 멀어졌다.

"우리들 장난이 아니우. 암놈을 보고 저 혼자 발광이지."

코흘리개 한 녀석이 멀리서 소리를 쳤다.

"고 녀석 말투가······."

"김 첨지 당나귀가 가버리니까 온통 흙을 차고 거품을 흘리면서 미친 소같이 날뛰는 걸. 꼴이 우스워 우리는 보고만 있었다우. 배를 좀 보지."

아이는 앙돌아진 투로 소리를 치며 깔깔 웃었다. 허 생원은 모르는 결에 낯이 뜨거워졌다. 뭇시선을 막으려고 그는 짐승의 배 앞을 가려 서지 않으면 안 되었다.

"늙은 주제에 암샘¹³을 내는 셈야. 저놈의 짐승이."

아이들의 웃음소리에 허 생원은 주춤하면서 기어코 견딜 수 없어 채찍을 들더니 아이를 쫓았다.

"쫓으려거든 쫓아보지. 왼손잡이가 사람을 때려."

---

12 비슬비슬 : 비틀거린다는 말로 작은말은 '배슬배슬' 센말 '비쓸비쓸'.
13 암샘 : 암컷이 일정한 시기에 교미(성욕)을 일으키는 일.

줄달음에 달아나는 각다귀에는 당할 재주가 없었다. 왼손잡이는 아이 하나도 후릴 수 없다. 그만 채찍을 던졌다. 술기도 돌아 몸이 유난스럽게 화끈거렸다.

"그만 떠나세. 녀석들과 어울리다가는 한이 없어. 장판의 각다귀들이란 어른보다도 더 무서운 것들인 걸."

조 선달과 동이는 각각 제 나귀에 안장을 얹고 짐을 싣기 시작하였다. 해가 꽤 많이 기울어진 모양이었다. 드팀전 장돌림을 시작한 지 이십 년이나 되어도 허 생원은 봉평장을 빼놓은 적은 드물었다. 충주, 제천 등의 이웃 군에도 가고, 멀리 영남 지방도 헤매기는 하였으나 강릉쯤에 물건 하러 가는 외에는 처음부터 끝까지 군내를 돌아다녔다. 닷새만큼씩의 장날에는 달보다도 확실하게 면에서 면으로 건너간다. 고향이 청주라고 자랑삼아 말하였으나 고향에 돌보러간 일도 있는 것 같지는 않았다. 장에서 장으로 가는 길의 아름다운 강산이 그대로 그에게는 그리운 고향이었다. 반날 동안이나 뚜벅뚜벅 걷고 장터 있는 마을에 거의 가까웠을 때, 거친 나귀가 한바탕 우렁차게 울면 - 더구나 그것이 저녁녘이어서 등불들이 어둠 속에 깜박거릴 무렵이면, 늘 당하는 것이건만 허 생원은 변치 않고 언제든지 가슴이 뛰놀았다.

젊은 시절에는 알뜰하게 벌어 돈푼이나 모아본 적도 있기는 있었으나, 읍내에 백중[14]이 열린 해 호탕스럽게 놀고 투전을 하여 사흘 동안에 다 털려 버렸다. 나귀까지 팔게 된 판이었으나 애끓는 정분에 그것만은 이를 물고 단념하였다. 결국 도로아미타불[15]로 장돌림을 다시

---

14 백중 (百中) : 음력 7월 보름날로 '백종일(百種日)' 또는 '망혼일(亡魂日)'이라고도 한다. 백중날에는 남녀가 모여 온갖 음식을 갖추어 놓고 노래하고 춤추며 즐겁게 놀았으며 머슴을 둔 집에서는 이날 하루를 쉬게 하며 취흥에 젖게 한다. 또 그 해에 농사를 잘 지은 집의 머슴을 소에 태우거나 가마에 태워 위로하기도 한다.
15 도로아미타불 : 애써서 이룬 일이 한순간의 실수로 아무 소용이 없게 되는 것을 말한다.

시작할 수밖에는 없었다. 짐승을 데리고 읍내를 도망해 나왔을 때에는 너를 팔지 않기 다행이었다고 길가에서 울면서 짐승의 등을 어루만졌던 것이었다. 빚을 지기 시작하니 재산을 모을 염은 당초에 틀리고, 간신히 입에 풀칠을 하러 장에서 장으로 돌아다니게 되었다.

호탕스럽게 놀았다고는 하여도 계집 하나 후려 보지는 못하였다. 계집이란 쌀쌀하고 매정한 것이었다. 평생 인연이 없는 것이라고 신세가 서글퍼졌다. 일신에 가까운 것이라고는 언제나 변함없는 한 필의 당나귀였다.

그렇다고는 하여도 꼭 한 번의 첫 일을 잊을 수는 없었다. 뒤에도 처음에는 없는 단 한 번의 괴이한 인연! 봉평에 다니기 시작한 젊은 시절의 일이었으나 그것을 생각할 적만은 그도 산 보람을 느꼈다.

"달밤이었으나 어떻게 해서 그렇게 됐는지 지금 생각해두 도무지 알 수 없어."

허 생원은 오늘 밤도 또 그 이야기를 끄집어내려는 것이다. 조 선달은 친구가 된 이래 귀에 못이 박히도록 들어 왔다. 그렇다고 싫증을 낼 수도 없었으나, 허 생원은 시치미를 떼고 되풀이할 대로는 되풀이하고야 말았다.

"달밤에는 그런 이야기가 격에 맞거든."

조 선달 편을 바라는 보았으나 물론 미안해서가 아니라 달빛에 감동하여서였다. 이지러는 졌으나 보름을 갓 지난달은 부드러운 빛을 흐뭇이 흘리고 있다. 대화까지는 팔십 리의 밤길, 고개를 둘이나 넘고 개울을 하나 건너고 벌판과 산길을 걸어야 된다. 길은 지름 긴 산허리에 걸려 있다. 밤중을 지난 무렵인지 죽은 듯이 고요한 속에서 짐승 같은 달의 숨소리가 손에 잡힐 듯이 들리며, 콩 포기와 옥수수 잎새가 한층 달에 푸르게 젖었다. 산허리는 온통 메밀밭이어서 피기 시작한 꽃이 소금을 뿌린 듯이 흐뭇한 달빛에 숨이 막힐 지경이다. 붉은 대궁이 향기같이 애잔하고 나귀들의 걸음도 시원하다. 길이 좁은 까닭에 세 사람은 나귀를 타고 외줄로 늘어섰다. 방울소리가 시원스럽게 딸랑딸랑 메밀밭께로 흘러간다. 앞장선 허 생원의 이야기 소리는 꽁무니에 선 동이에게는 확적히는 안 들렸으나, 그는 그대로 개운한 제멋에 적절하지는 않았다.

"장이 선 꼭 이런 날 밤이었네. 객줏집 토방[16]이란 무더워서 잠이 들어야지. 밤중은 돼서 혼자 일어나 개울가에 목욕하러 나갔지. 봉평은 지금이나 그제나 마찬가지나 보이는 곳마다 메밀밭이어서 개울가나 어디 없이 하얀 꽃이야. 돌밭에 벗어도 좋을 것을, 달이 너무도 밝은 까닭에 옷을 벗으러 물방앗간으로 들어가지 않았나. 이상한 일도 많지. 거기서 난데없는 성 서방네 처녀와 마주쳤단 말이네. 봉평에서야 제일가는 일색이었지 …… 팔자에 있었나부지."

아무렴 하고 응답하면서 말머리를 아끼는 듯이 한참이나 담배를 빨 뿐이었다. 구수한 자줏빛 연기가 밤기운 속에 흘러서는 녹았다.

"날 기다린 것은 아니었으나 그렇다고 달리 기다리는 놈팽이가 있은 것두 아니었네. 처녀는 울고 있단 말야. 짐작은 대고 있으나 성 서방네는 한참 어려워서 들고날 판인 때였지. 한집안 일이니 딸에겐들 걱정이 없을 리 있겠나? 좋은 데만 있으면 시집도 보내련만 시집은 죽어도 싫다지……. 그러나 처녀란 울 때같이 정을 끄는 때가 있을까. 처음에는 놀라기도 한 눈치였으나 걱정 있을 때는 누그러지기도 쉬운 듯해서 이럭저럭 이야기가 되었네……. 생각하면 무섭고도 기막힌 밤이었어."

"제천인지로 줄행랑을 놓은 건 그 다음 날이렸다."

---

[16] 토방(土房): '봉당'이라고도 한다. 주거(住居)에 있어서 온돌이나 마루의 시설이 없이 맨 흙바닥으로 된 내부공간을 가리키지만 대청 앞이나 방 앞 기단부분을 봉당이라 부르기도 한다.

"다음 장도막17에는 벌써 온 집안이 사라진 뒤였네. 장판은 소문에 발끈 뒤집혀 오직해야 술집에 팔려 가기가 상수라고 처녀는 뒷공론이 자자들 하단 말이야. 제천 장판을 몇 번이나 뒤졌겠나. 하나 처녀의 꼴은 꿩 궈 먹은 자리야. 첫날밤이 마지막 밤이었지. 그때부터 봉평이 마음에 든 것이 반평생인들 잊을 수 있겠나."

"수 좋았지. 그렇게 신통한 일이란 쉽지 않아. 항용18 못난 것 얻어 새끼 낳고 걱정 늘고, 생각만 해두 진저리나지. ……그러나 늘그막바지까지 장돌뱅이로 지내기도 힘 드는 노릇이 아닌가. 난 가을까지만 하구 이 생애와두 하직하려네. 대화쯤에 조그만 전방19이나 하나 벌이구 식구들을 부르겠어. 사시장철20 뚜벅뚜벅 걷기란 여간이래야지."

"옛 처녀나 만나면 같이나 살까. …… 난 거꾸러질 때까지 이 길 걷고 저 달 볼 테야."

산길을 벗어나니 큰길로 틔워졌다. 꽁무니의 동이도 앞으로 나서 나귀들은 가로 늘어섰다.

"총각두 젊겠다, 지금이 한창시절이렷다. 충주집에서는 그만 실수를 해서 그 꼴이 되었으나 섧게 생각 말게."

"저, 천만에요. 되려 부끄러워요. 계집이란 지금 웬 제격인가요. 자나 깨나 어머니 생각뿐인데요."

허 생원의 이야기를 실심해 한 끝이라 동이의 어조는 한풀 수그러진 것이었다.

"아비 어미란 말에 가슴이 터지는 것도 같았으나 제겐 아버지가 없어

---

17 장도막 : 장과 장 사이의 동안을 세는 말.
18 항용 (恒用) : 늘. 항상.
19 전방 (廛房) : 물건을 파는 곳. 가게. 전포.
20 사시장철 : 사철의 어느 때나 늘.

요. 피붙이라고는 어머니 하나뿐인 걸요."

"돌아가셨나?"

"당초부터 없어요."

"그런 법이 세상에······."

생원과 선달이 요란스럽게 껄껄들 웃으니, 동이는 정색하고 우길 수밖에는 없었다.

"부끄러워서 말하지 않으려 했으나 정말예요. 제천 촌에서 달도 차지 않은 아이를 낳고 어머니는 집을 쫓겨났죠. 우스운 이야기나, 그러기 때문에 지금까지 아버지 얼굴을 본 적이 없고, 있는 고장도 모르고 지내와요."

고개가 앞에 놓인 까닭에 세 사람은 나귀를 내렸다. 둔덕은 험하고 입을 벌리기도 대근하여[21] 이야기는 한동안 끊겼다. 나귀는 건듯하면 미끄러졌다. 허 생원은 숨이 차 몇 번이고 다리를 쉬지 않으면 안 되었다. 고개를 넘을 때마다 나이가 알렸다. 동이 같은 젊은 축이 그지없이 부러웠다. 땀이 등을 한바탕 쪽 씻어 내렸다.

고개 너머는 바로 개울이었다. 장마에 흘러버린 널다리가 아직도 걸리지 않은 채로 있는 까닭에 벗고 건너야 되었다. 고의[22]를 벗어 따로 등에 얽어매고 반 벌거숭이의 우스꽝스런 꼴로 물 속에 뛰어들었다. 금방 땀을 흘린 뒤였으나 밤물은 뼈를 찔렀다.

"그래 대체 기르긴 누가 기르구?"

"어머니는 하는 수 없이 의부를 얻어 가서 술장사를 시작했죠. 술이 고주[23]래서 의부라고 전 망나니예요. 철들어서부터 맞기 시작한 것이

---

[21] 대근하여 : 견디기 힘들다.
[22] 고의 : 남자의 여름 홑바지. 한자를 빌려 '袴衣'로 적기도 한다.
[23] 고주 : '고주망태'의 준말로 술을 많이 마셔 정신을 차리지 못하는 상태.

하룬들 편한 날이 있었을까. 어머니는 말리다가 채이고 맞고 칼부림을 당하고 하니 집 꼴이 무어겠소. 열여덟 살 때 집을 뛰쳐 나서부터 이 짓이죠."

"총각 낯세론 동이 무던하다고 생각했더니 듣고 보니 딱한 신세로군."
물은 깊어 허리까지 찼다. 속 물살도 어지간히 센데다가 발에 차이는 돌멩이도 미끄러워 금시에 훔칠 듯하였다 물살에 쓸려 버릴 듯하다.

나귀와 조 선달은 재빨리 거의 건넜으나 동이는 허 생원을 붙드느라고 두 사람은 훨씬 떨어졌다.

"모친의 친정[24]은 원래부터 제천이었던가?"
"웬걸요. 시원스리 말은 안 해 주나 봉평이라는 것만은 들었죠."
"봉평? 그래. 그 아비 성은 무엇이구?"
"알 수 있나요. 도무지 듣지를 못했으니까."
"그, 그렇겠지."

하고 중얼거리며 흐려지는 눈을 까물까물하다가 허 생원은 경망하게도 발을 빗디디었다. 앞으로 꼬꾸라지기가 바쁘게 몸째 풍덩 빠져 버렸다. 허우적거릴수록 몸을 걷잡을 수 없어 동이가 소리를 치며 가까이 왔을 때에는 벌써 퍽이나 흘렀었다. 옷 째 졸짝 젖으니 물에 젖은 개보다도 참혹한 꼴이었다. 동이는 물 속에서 어른을 해깝게[25] 업을 수 있었다. 젖었다고는 하여도 여윈 몸이라 장정 등에는 오히려 가벼웠다.

"이렇게까지 해서 안됐네. 내 오늘은 정신이 빠진 모양이야."
"염려하실 것 없어요."
"그래 모친은 아비를 찾지는 않는 눈치지?"

---

24 친정(親庭) : 시집간 여자의 본집. 본가(本家). 자식의 입장에서는 '외갓댁'.
25 해깝다 : '매우 가볍다' 는 의미의 경상도 사투리.

"늘 한 번 만나고 싶다고는 하는데요."

"지금 어디 계신가?"

"의부와도 갈라져서 제천에 있죠. 가을에는 봉평에 모셔오려고 생각 중인데요. 이를 물고 벌면 이럭저럭 살아갈 수 있겠죠."

"아무렴 기특한 생각이야. 가을이랬다?"

동이의 탐탁한 등이 뼈에 사무쳐 따뜻하다. 물을 다 건넜을 때에는 도리어 서글픈 생각에 좀더 업혔으면도 하였다.

"진종일 실수만 하니 웬일이요, 생원?"

조 선달이 바라보며 기어코 웃음이 터졌다.

"나귀야. 나귀 생각하다 실족을 했어. 말 안했던가. 저 꼴에 제법 새끼를 얻었단 말이지. 읍내 강릉집 피마26에게 말일세. 귀를 쫑긋 세우고 달랑달랑 뛰는 것이 나귀새끼같이 귀여운 것이 있을까. 그것 보러 나는 일부러 읍내를 도는 때가 있다네."

"사람을 물에 빠뜨릴 젠, 딴은 대단한 나귀새끼군."

허 생원은 젖은 옷을 웬만큼 짜서 입었다. 이가 덜덜 갈리고 가슴이 떨리며 몹시도 추웠으나 마음은 알 수 없이 둥실둥실 가벼웠다.

"주막까지 부지런히들 가세나. 뜰에 불을 피우고, 훗훗이27 쉬여. 나귀에겐 더운 물을 끓여 주고. 내일 대화장 보고는 제천이다.

"생원도 제천으로……?"

"오래간만에 가보고 싶어. 동행하려나, 동이?"

나귀가 걷기 시작하였을 때 동이의 채찍은 왼손에 있었다. 오랫동안 어둑신이28같이 눈이 어둡던 허생원도 요번만은 동이의 왼손잡이가 눈

---

26 피마 : 다 자란 암말. 동의어는 '빈마'. 반의어는 '상마'.
27 **훗훗이** : 훈훈하게.
28 **어둑신이** : 어둠의 신.

에 뜨이지 않을 수 없었다.
　걸음도 해깝고 방울소리가 밤 벌판에 한층 청청하게 울렸다.
　달이 어지간히 기울어졌다.

산

이효석

📖 줄거리

　중실은 머슴살이 7년 만에 아무것도 쥔 것 없이 맨주먹으로 주인집에서 쫓겨났다. 김 영감의 첩 둥글 개를 건드렸다는 오해로 그 집을 나오게 된 것이다. 그는 갈 곳이 없어 빈 지게를 걸머지고 산으로 들어 간다. 그 넓은 산은 사람을 배반할 것 같지는 않았기 때문이다.
　그는 산에서 벌집을 찾아내어 담배 연기를 사용해 꿀을 얻었고, 산불 덕택에 불에 타 죽은 노루를 얻 어 여러 날 양식으로 사용할 수 있었다. 다만, 한 가지 아쉬운 것은 소금이었다. 어느 날, 그는 나무를 팔 러 마을 장에 내려와 나무 판 돈으로 감자, 좁쌀, 소금, 냄비를 샀다. 그리고 김 영감의 첩이 면 서기 최 씨와 줄행랑을 쳤다는 소식도 들었다. 지금쯤 머슴을 내쫓고 뉘우치고 있을 김 영감을 위로하고 싶었으 나, 그는 다시 산이 그리워져 물건들을 지게에 지고 산으로 올라갔다.
　그는 이웃집 용녀를 생각한다. 그녀와 더불어 오두막 집을 짓고 감자밭을 일구며 염소, 돼지, 닭을 칠 것을 상상해 본다. 그리고 낙엽을 잠자리로 삼아 별을 헤면서 잠을 청한다. 하늘의 별이 와르르 얼굴 위 에 쏟아질 듯싶게 가까웠다 멀어졌다 한다. 별을 세는 동안에 중실은 제 몸이 스스로 별이 됨을 느낀다.

🔍 작품 분석

　이 작품은 이효석의 여러 소설에서 발견할 수 있는 인간형, 즉 자연과의 교감으로 행복을 느끼고 그 생활에 자족하는 인간형을 서정적인 문체로 묘사하고 있다.
　어떤 면에서 이 소설의 진정한 등장 인물은 '나무'인지도 모른다. 산오리나무, 물오리나무, 가락나무, 참나무, 줄참나무, 박달나무, 사수레나무, 떡갈나무 등 이루 헤아릴 수 없이 많은 나무가 등장한다. 주인공은 이 모든 나무들을 한 가족처럼 인식하고 있는 것이다. 그는 나무들이 마을의 인총(人總,인구)보다도 많고 사람의 성보다도 흔하다고 생각한다. 즉, 나무들의 세계를 인간 세계로 여기고 자신을 나무처럼 여긴다.

특히, 간과할 수 없는 것은 중실이 산으로 쫓겨가는 행위의 작가적 의미다. 시대 상황과 연결 지어 보면, 이는 이상향을 꿈꾸는 이효석이 신경향파 노선을 버리고 '산'으로 도피한 사실에 대응한다. 이는 김유정이 현실의 각박함을 유머와 해학으로 넘기는 것과 같은 이치이다.

이 작품은 자연의 아름다움을 잘 묘사하고 있다. 주인공 중실은 세상을 포기하고 자연으로 돌아가 자족하는 인물로, 나무를 팔고 물건을 사고할 때와 같이 즐거운 적이 없다고 말하고 있다. 이것은 머슴이었을 때는 느껴보지 못했기 때문이다. 또한 마을에 있으면서 산을 그리워하는 것은 세상의 속박에서 벗어나려는 주인공의 동경의 의지로 보인다. **그래서 이 단편 소설은 인간 본연의 것, 건강한 생명의 동력과 신비성을 다분히 시적인 분위기로 형상화 내고 있다.**

❊ 작품 개요

출전 : 〈삼천리〉(1936).
시점 : 3인칭 전지적 작가 시점.
주제 : 자연과 더불어 사는 소박한 삶의 추구.
갈래 : 단편소설.

⊙ 주요 인물 분석

중실 : 주인인 김 영감의 오해로 집에서 쫓겨나와 산에 살면서 자연과의 교감으로 행복을 느낀다.
김 영감 : 주인(실제 등장하지 않음).
용녀 : 중실이가 사모하는 연인(실제 등장하지 않음).
둥글개 : 김 영감의 첩(실제 등장하지 않음).

⊙ 시간과 공간

시간 : 가을.
공간 : 산.

산

나무하던 손을 쉬고 중실은 발밑의 깨금나무 포기를 들쳤다. 지천으로 떨어지는 깨금알이 손안에 오르르 들었다. 익을 대로 익은 제철의 열매가 어금니 사이에서 오도옥 두 쪽으로 갈라졌다.

  돌을 집어던지면 깨금알 같이 오도옥 깨어질 듯한 맑은 하늘, 물고기 등 같이 푸르다. 높게 뜬 조각구름 떼가 해변에 뿌려진 조개껍질같이 유난스럽게도 한편에 올망졸망 몰려들 있다. 높은 산등이라 하늘이 가까우련만 마을에서 볼 때와 일반으로 멀다. 구만 리일까 십만 리일까. 골짜기에서의 생각으로는 산기슭에만 오르면 만져질 듯하던 것이 산허리에 나서면 단번에 구만 리를 내빼는 가을 하늘.

  산속의 아침나절은 졸고 있는 짐승같이 막막은 하나 숨결이 은근하다. 휘엿한 산등은 누워 있는 황소의 등어리요, 바람결도 없는데, 쉴 새 없이 파르르 나부끼는 사시나무 잎새는 산의 숨소리다. 첫눈에 띄는 하야얗게 분장한 자작나무는 산 속의 일색. 아무리 단장한 대야 사람의 살결이 그렇게 흴 수 있을까. 수북 들어선 나무는 마을의 인총보다도 많고 사람의 성보다도 종자가 흔하다. 고요하게 무럭무럭 걱정 없이 잘들 자란다. 산오리나무, 물오리나무, 가락나무, 참나무, 졸참나무, 박달나무,

사스레나무, 떡갈나무, 무치나무, 물가리나무, 싸리나무, 고로쇠나무, 골짜기에는 신나무, 아그배나무, 갈매나무, 개옻나무, 엄나무. 산등에 간간이 섞여 어느 때나 푸르고 향기로운 소나무, 잣나무, 전나무, 노간주나무-걱정 없이 무럭무럭 잘들 자라는-산 속은 고요하나 웅성한 아름다운 세상이다. 과실같이 싱싱한 기운과 향기, 나무 향기, 흙냄새, 하늘 향기, 마을에서는 찾아볼 수 없는 향기다.

 낙엽 속에 파묻혀 앉아 깨금을 알뜰이 바수는 중실은, 이제 새삼스럽게 그 향기를 생각하고 나무를 살피고 하늘을 바라보는 것이 아니었다. 그런 것은 한데 합쳐 몸에 함빡 젖어들어 전신을 가지고 모르는 결에 그것을 느낄 뿐이다. 산과 몸이 빈틈없이 한데 얼린 것이다. 눈에는 어느 결엔지 푸른 하늘이 물들었고 피부에는 산 냄새가 배었다. 바심할 때의 짚북데기[1]보다도 부드러운 나뭇잎-여러 자 깊이로 쌓이고 쌓인 깨금잎, 가랑잎, 떡갈잎의 부드러운 보료-속에 몸을 파묻고 있으면 몸뚱어리가 마치 땅에서 솟아난 한 포기의 나무와도 같은 느낌이다. 소나무, 참나무, 총중[2]의 한 대의 나무다. 두 발은 뿌리요 두 팔은 가지다. 살을 베면 피 대신에 나뭇진이 흐를 듯 하다. 잠자코 서 있는 나무들의 주고받은 은근한 말을, 나뭇가지의 고갯짓하는 뜻을, 나뭇잎의 소곤거리는 속심을 총주의 한 포기로서 넉넉히 짐작할 수 있다. 해가 뜰 때에 즐거워하고, 바람 불 때에 농탕치고[3], 날 흐릴 때 얼굴을 찡그리는 나무들의 풍속과 비밀을 역력히 번역해 낼 수 있다. 몸은 한 포기의 나무다. 별안간 부드득 솟아오르는 힘을 느끼고 중실은 벌떡 뛰어 일어났다. 쭉 펴는 네 활개에 힘이 뻗쳐 금시에 그대로 하늘에라도 오를 듯싶었다. 넘치는 힘

---

[1] 짚북데기 : 얼크러진 볏짚의 뭉텅이.
[2] 총중(叢中) : 떨기 가운데. 많은 사람 가운데.
[3] 농탕치다 : 남녀가 음탕한 소리와 난잡한 행동으로 마구 놀아 대다.

을 보낼 곳 없어 할 수 없이 입을 크게 벌리고 하늘이 울려라 고함을 쳤다. 땅에서 솟는 산 정기의 힘찬 단순한 목소리다. 산이 대답하고 나뭇가지가 고갯짓한다. 또 하나 그 소리에 대답한 것은 맞은편 산허리에서 불시에 푸드덕 날아 뜨는 한 자웅의 꿩이었다. 살찐 까투리의 꽁지를 물고 나는 장끼의 오색 날개가 맑은 하늘에 찬란하게 빛났다.

살찐 꿩을 보고 중실은 문득 배가 허출함을 깨달았다. 아래편 골짜기 개울 옆에 간직하여 둔 노루 고기와 가랑잎 새에 싸 둔 개꿀이 있음을 생각하고 다시 낫을 집어 들었다. 첫 참 때까지에는 한 점은 채워 놓아야 파장되기 전에 읍내에 다다르겠고, 팔아가지고는 어둡기 전에 다시 산으로 돌아와야 할 것이다. 한참 쉰 뒤라 팔에는 기운이 남았다. 버스럭거리는 나뭇잎 소리가 품안에 요란하고 맑은 기운이 몸을 한바탕 멱감긴 것 같다. 산은 마을 보다 몇 곱절 살기가 좋은가. 산에 들어오기를 잘했다고 중실은 생각하였다.

세상에 머슴살이같이 잇속 적은 생업은 없다.

싸우려고 싸운 것이 아니라 김 영감 편에서 투정을 건 셈이다. 지금와 보면 처음부터 쫓아낼 의사였던 것이 확실하다. 중실은 머슴 산 지칠 년에 아무것도 쥔 것 없이 맨주먹으로 살던 집을 쫓겨났다. 원통은 하였으나 애통하지는 않았다.

해마다 사경을 또박또박 받아 본 일 없다. 옷 한 벌 버젓하게 얻어 입은 적 없다. 명절에는 놀이할 돈도 푼푼이 없이 늘 개보름 쇠듯 하였다. 장가들이고 집 사고 살림을 내 준다는 것도 헛소리였다. 첩을 건드렸다는 생뚱4같은 다짐이었으나, 그것은 처음부터 계책한 억지요 졸색의 등글개 따위에는 손댈 염도 없었던 것이다. 빨래하러 갔던 첩과 동구 밖에

---

4 생뚱 : 앞뒤가 서로 맞지 않고 엉뚱함.

서 마주쳐 나뭇짐을 지고 앞서고 뒤서서 돌아왔다고 의심받을 법은 없다. 첩과 수상한 놈팡이는 도리어 다른 곳에 있는 것을, 애매한 중실에게 엉뚱한 분풀이가 돌아온 셈이었다. 가살스런 첩의 행실을 휘어잡지 못하고 늘그막 판에 속 태우는 영감의 신세가 하기는 가엾기는 하다. 더욱 엉클어질 앞일을 생각하고 중실은 차라리 하직 하고 나온 것이었다. 넓은 하늘 밑에서도 갈 곳이 없다. 제일 친한 곳이 늘 나무하러 가던 산이었다. 짚북데기보다도 부드러운 두툼한 나뭇잎의 맛이 생각났다. 그 넓은 세상은 사람을 배반할 것 같지는 않았다. 빈 지게만을 걸머지고 산으로 들어갔다. 그 속에서 얼마 동안이나 견딜 수 있을까 한 시험도 되었다.

박중골에서도 오 리나 들어간, 마을과 사람과는 인연이 먼 산협이다. 산등이 펑퍼짐하고 양지쪽에 해가 잘 쬐고, 골짜기에 개울이 흐르고, 개울가에 나무열매가 지천으로 열려 있는 곳이다. 양지쪽에서는 나무하러 왔다 낮잠을 잔적도 여러 번이었다. 개울가에 불을 피우고 밭에서 뜯어온 옥수수 이삭을 구웠다. 수풀 속에서 찾은 으름과 나뭇가지에 익어 시든 아그배와 산사로 배가 불렀다. 나뭇잎을 모아 그 속에 푹 파고 든 잠자리도 그다지 춥지는 않았다.

이튿날 산을 헤매다가 공교롭게도 주영나무가지에 야트막하게 달린 벌집을 찾아냈다. 담배 연기를 피워 벌떼를 이지러뜨리고 감쪽같이 집을 들어냈다. 속에는 맑은 꿀이 차 있었다. 사람은 살라고 마련인 듯싶다. 꿀은 조금으로도 요기가 되었다. 개와 함께 여러 날 양식이 되었다.

꿀이 다 떨어지지도 않은 그저께 밤에는 맞은편 심산에 산불이 보였다. 백일홍같이 새빨간 불꽃이 어둠 속에 가깝게 솟아올랐다. 낮부터 타기 시작한 것이 밤에 들어가서 겨우 알려진 것이다. 누에에게 먹히는 뽕잎같이 아물아물 헤어지는 것 같으나, 기실은 한 자리에서 아롱아롱 타는 것이었다. 아귀의 혀끝같이 널름거리는 불꽃이 세상에도 아름다웠다. 울밑의 꽃보다도, 비단결보다도, 무지개보다도 맨드라미보다도 곱고 장하다. 중실은 알 수 없이 신이 나서 몽둥이를 들고 산등을 따라 오르고 골짜기를 건너 불붙는 곳으로 끌려 들어갔다. 가깝게 보이던 것과는 딴판으로 꽤 멀었다. 불은 산등에서 산등으로 둘러붙어 골짜기로 타내려갔다. 화기가 확확 튀어 가까이 갈 수 없었다. 후끈후끈 무더웠다. 나무뿌리가 탁탁 튀며 땅이 쨍쨍 울렸다. 민출한[5] 자작나무는 가지가지에 불이 피어올라 한 포기의 산 호수 같은 불나무로 변하였다. 헛되이 타는 모두가 아까웠다. 중실은 어쩔 수 없이 몸뚱이를 쓸데없이 휘두르며 불 테두리를 빙빙 돌 뿐이었다. 불은 힘에 부치는 것이었다. 확실히 간 보람은 있었다. 그을린 노루 한 마리를 얻는 것이었다. 불 테두리를 뚫고 나오지 못한 노루는 산골짜기에서 뱅뱅 돌아 결국 불벼락을 맞은 것이다. 물론 그것을 얻을 때는 불도 거의 다 탄 새벽이었으나, 외로운 짐승이 몹시 가엾었다. 그러나 이미 죽은 후의 고기라 중실은 그것을 짊어지고 산으로 돌아갔다. 사람들 살리자는 신의 뜻이라고 비위 좋게 생각하면 그만이었다. 여러 날 동안의 흐뭇한 양식이 되었다. 다만 한 가지 그리운 것이 있었다. 짠맛-소금이었다. 사람은 그립지 않으나 소금이 그리웠다. 그것을 얻자는 생각으로만 마음이 그리웠다.

  힘자라는 데까지 지었다.

  이십 리 길을 부지런히 걸으려니 잔등에 땀이 내배었다. 걸음을 따라 나뭇짐이 휘청휘청 앞으로 휘어다.

  간신히 파장 전에 대었다.

  나무를 판 때의 마음이 이날같이 즐거운 적은 없었다.

---

[5] 민출하다 : 미끈하고 밋밋하다.

물건을 산 때의 마음도 이날같이 즐거운 적은 없었다.

그것은 가장 필요한 물건이기 때문이다.

나무 판 돈으로 중실은 감자 말과 좁쌀 되와 소금과 냄비를 샀다.

산 속의 호젓한 살림에는 이것으로써 족하리라고 생각되었다.

목숨을 이어가는 데 해어쯤이 없으면 어떨까도 생각되었다.

올 때보다 짐이 단출하여 지게가 가벼웠다.

술집 골방에서 왁자지껄하고 싸우는 것도 전과 다름없이 어수선하고 지지부레[6]하였다.

이상스러운 것은 그런 거리의 살림살이가 도무지 마음을 당기지 않는 것이다. 앙상한 사람들의 얼굴이 그다지 그리운 것이 아니었다.

무슨 까닭으로 산이 이렇게도 그리울까. 편벽된 마음을 의심도하여 보았다. 그러나 별로 이치도 없었다. 덮어놓고 양지쪽이 좋고, 자작나무가 눈에 들고, 떡갈잎이 마음을 끄는 것이다. 평생 산에서 살도록 태어났는지도 모른다.

김 영감의 그 후의 소식은 물어 낼 필요도 없었으나, 거리에서 만난 박 서방 입에서 우연히 한 구절 얻어듣게 되었다.

병든 둥글개 첩은 기어코 김 영감의 눈을 감춰 최 서기와 줄행랑을 놓았다. 종적을 수색 중이나 아직도 오리무중이라 한다.

사랑방에서 고시랑고시랑[7] 잠을 못 이룰 육십 노인의 꼴이 측은하게 눈에 떠올랐다. 애매한 머슴을 내쫓았음을 뉘우치리라고 생각되었다. 그러나 중실에게는 물론 다시 살러 들어갈 뜻도, 노인을 위로하고 싶은 친절도 가지기 싫었다.

---

6 지지부레 : 보잘 것 없음.
7 고시랑고시랑 : 못마땅하여 잔소리를 자꾸 되씹어하는 모양.

다만 거리의 살림이라는 것이 더한층 어수선하게 여겨질 뿐이었다.

산으로 향하는 저녁길이 한결 개운하다.

개울가에 냄비를 걸고 서투른 솜씨로 지은 저녁을 마쳤을 때에는 밤이 적이[8] 어두웠다.

깊은 하늘에 별이 총총 돋고 초생달이 나뭇가지를 올가미 지웠다.

새들도 깃들이고 바람도 자고 개울물만이 쫄쫄쫄쫄 숨쉰다. 검은 산등은 잠든 황소다.

등걸불[9]이 탁탁 튄다. 나뭇잎 타는 냄새가 몸을 휩싸며 구수하다. 불을 쬐며 담배를 피우니 몸이 훈훈하다. 더 바랄 것 없이 마음이 만족스럽다.

한 가지 욕심이 솟아올랐다.

밥 짓는 일이란 머슴애 할 일이 못 된다. 사내자식은 역시 밭 갈고 나무하는 것이 옳은 것이다. 장가를 들려면 이웃집 용녀만한 색시는 없다. 용녀를 데려다 밥 일을 맡길 수밖에는 없다고 생각하였다.

용녀를 생각만 하여도 즐겁다. 궁리가 차례차례로 솔솔 풀렸다.

굵은 나무를 베어다 껍질째 토막을 내 양지쪽에 쌓아 올려 단간의 조촐한 오두막을 짓겠다. 펑퍼짐한 산허리를 일궈 밭을 만들고 봄부터 감자와 귀리를 갈 작정이다. 오랍뜰[10]에 우리를 세우고 염소와 돼지와 닭을 칠 터. 산에서 노루를 산 채로 붙들면 우리 속에 같이 기르고 용녀가 집일을 하는 동안에 밭을 가꾸고 나무를 할 것이며, 아이를 낳으면 소같이 산같이 튼튼하게 자라렷다. 용녀가 만약 말을 안 들으면 밤중에 내려가 가만히 업어 올걸.

---

8 적이 : 약간, 얼마간.
9 등걸불 : 타다가 남은 불.
10 오랍뜰 : 대문 앞에 있는 뜰.

한번 산에만 들어오면 별수 없지.
불이 거의거의 아스러지고 물소리가 더한층 맑다.
별들이 어지럽게 깜박거린다.
달이 다른 나뭇가지에 걸렸다.
나머지 등걸불을 발로 비벼 끄니 골짜기는 더한층 막막하다.
어느 만 때인지 산 속에서는 때도 분별할 수 없다.
자기가 이른지 늦은지도 모르면서 나무 밑 잠자리로 향하였다.
낟가리같이 두두룩하게 쌓인 낙엽 속에 몸을 송두리째 파묻고 얼굴만을 빠끔히 내놓았다.
몸이 차차 푸근하여 온다.
하늘의 별이 와르르 얼굴 위에 쏟아질 듯싶게 가까웠다 멀어졌다한다.
별 하나 나 하나, 별 둘 나 둘, 별 셋 나 셋…….
세는 동안에 제 몸이 스스로 별이 됨을 느꼈다.

탈출기

최서해

✧ 작가 소개

최서해(1901~1932)

본명은 학송으로, 서해(曙海)는 그의 호이다. 함경북도 성진에서 소작농의 외아들로 출생하였다. 최서해는 1911년 성진보통학교에 입학했으나 가난으로 5학년 때 중퇴하고, 유년시절 한문을 배운 외에 이렇다 할 학교교육은 받지 못하였다. 1917년에 독립군이 된 아버지를 찾아 만주로 가서 각지로 전전하며 품팔이·나무장수·두부장수 등 밑바닥 생활을 뼈저리게 체험하였는데, 이러한 체험이 그의 문학의 바탕을 이루게 하였다.

그가 문단에 나타난 것은 1924년이었다. 1923년에 귀국한 이후 홍수로 모든 가산을 잃어버린 후 가족을 버리고 상경하여 본격적인 문학 활동을 시작했다. 1924년 1월 28일부터 2월 4일까지 〈동아일보〉에「토혈(吐血)」을 연재해 소설가로서의 역량을 유감없이 발휘했으며, 이듬해 〈조선문단〉에「고국」이라는 작품으로 추천받아 작가로 출발했다. 그는 춘원의 소개로 양주 봉선사에 머무르다가 〈조선 문단〉에서 심부름을 하는 일을 하며 원고를 써 추천 작가가 되었다. 그해 **조선 프롤레타리아 예술가동맹(KAPF)에 가담해 1929년까지 활동**했으며, 1926년 KAPF 맹원이자 시인인 조운의 누이 조분려와 재혼했다. 그는 1927년 현대평론사의 기자로 일했고, 기생들의 잡지인 〈장한(長恨)〉을 편집하기도 하였다.

계속해서「탈출기(脫出記)」,「기아(飢餓)와 살륙(殺戮)」을 발표하면서 신경향파문학(新傾向派文學)의 기수로서 각광을 받았다. 특히「탈출기」는 살 길을 찾아 간도로 이주한 가난한 부부와 노모 세 식구의 눈물겨운 참상을 박진감 있게 묘사한 작품으로 신경향파문학의 대표작으로 평가되고 있다.

1929년 〈중외일보(中外日報)〉 기자, 1931년 〈매일신보(每日申報)〉 학예부장으로 일하다 위병으로 대수술을 받고 문단에 나선 지 10년도 못 된 1932년에 세상을 떠났다. 서해가 죽은 지 2주년이 되던 해 문단에서는 당시의 미아리 공동 묘지의 그의 무덤에 묘비를 세워 주고 고인을 추모했다.

*짚고넘어가기

신경향파 : '신경향파' 라는 용어는 박영희의「신경향파의 문학과 그 문단적 지위」(개벽, 1925. 12)라는 글에서 처음 사용되었다. 신경향파 문학은 3·1운동 이후 널리 퍼지게 된 사회주의 사상으로 인해 등장하게 되었다. 당시 사회주

의 사상에 관심을 가졌던 사람들은 민족해방운동을 펼쳐보려는 목적으로 여러 단체를 결성하는 동시에 〈개벽〉, 〈신생활〉, 〈조선지광〉 등의 잡지를 발행하여 종래의 관념적·퇴폐적인 문학을 버리고 현실을 바탕으로 한 문학을 해야 한다고 주장했다. 신경향파 소설은 종래의 낭만적 개인적인 문학에서 벗어나 식민지 조선의 현실을 구체적으로 그려냄으로써 한국 사실주의 소설의 발전에 크게 이바지했으나, 작품에 현실을 총체적으로 그려내지 못한 점은 한계로 지적되고 있다.
신경향파 소설의 대표적인 작가로는 김기진, 박영희, 최서해, 조명희, 이기영, 송영 등을 들 수 있다.

카프(KAPF) : 1919년 3·1운동 이후 일제의 식민지정책이 문화정치로 전환하고, 러시아혁명의 영향으로 사회주의 사상이 광범위하게 확산되면서 새롭게 등장한 프롤레타리아 문예운동단체이자 한국 최초의 전국적인 문학예술가 조직이다.
1922년 9월 이호(李浩), 이적효(李赤曉), 김두수(金斗洙), 최승일(崔承一), 박용대(朴容大), 김영팔(金永八), 심대섭(沈大燮), 송영(宋影), 김홍파(金紅波) 등이 조직한 염군사(焰群社)와 1923년 박영희(朴英熙), 안석영(安夕影), 김형원(金炯元), 이익상(李益相), 김기진(金基鎭), 김복진(金復鎭), 연학년 등이 조직한 파스큘라(PASKYULA)가 결합하여 1925년 8월 결성되었다.
창립 당시 구성원은 박영희, 김기진, 이호, 김영팔, 이익상, 박용대, 이적효, 이상화, 김은, 김복진, 안석영, 송영, 최승일, 심대섭, 조명희, 이기영, 박팔양, 김양 등이다.

❀ 작품 세계

신경향파 문학의 기수로 꼽히는 최서해는 짧은 생애를 마칠 때까지 장편 1편, 단편 35편을 발표하였다. 그의 소설들은 빈궁을 소재로 하여 가난 속에 허덕이는 사람들의 이야기가 주류를 이루고 있다.
　최서해는 **일본의 식민지 수탈이 극대화해 가는 시기의 작가로서 비교적 성실하게 시대의 의미를 다루었다.** 그의 개인적인 삶과 불행은 식민지적 현실에 처한 민족의 궁핍과 현실로 이어졌다. 그가 다룬 이야기의 대부분이 가난을 소재로 한 것으로 하층민, 소작민, 유랑민, 노동자가 주를 이루었다. 그는 **자신의 체험을 바탕으로 글을 써 인물의 성격이 생생하고 사건 전개가 치밀하다는 장점**을 갖고 있었다.
　그는 신경향파 작가 중에서 가장 많은 작품을 썼는데, 간도 유민이나 가난한 농민들의 비참한 궁핍상을 그린 「토혈」, 「탈출기」, 「박돌의 죽음」, 「기아와 살육」 등은 공통적으로 비극적인 결말을 맞는다. 「큰물진 뒤」(1925), 「폭군」(1926), 「5월 75전」(1926), 「이역원혼(異域冤魂)」(1926), 「무서운 인상」(1926) 등을 통해 없는 자, 핍박받는 자의 입장을 대변했다. 이중 「큰물진 뒤」에서는 재난으로 모든 것을 잃어버린 노동자를 중심인물로 설정하여 가진 자들과의 대립을 나타내는데, 사회주의 계급이념을 구현하기 위한 사상적인 측면보다 삶을 꾸려나가려는 본능적 차원의 절박성이 잘 그려져 있다. 1927년에 들어와서는 「쥐 죽인 뒤」, 「홍염(紅焰)」, 「전아사(餞辭)」 등을 발표했는데, 특히 프롤레타리아 문학의 대표작인 「홍염」은 가난과 굶주림 속에 놓인 섬마을 사람들의 의식형태를 잘 보여주고 있다.
　1927년 이후에는 **주로 소시민 계급의 일상과 자신의 체험을 소재로 한 작품**을 썼으며, 이 시기의 대표작으로는 「먼동이 틀 때」, 「같은 길을 밟는 사람들」, 「호외시대」 등이 있다. 그러나 말년에 이르러 예술적 형상화라는 측면에서 초기 작품들의 성과를 뛰어 넘지 못했고 그로 인해 초기에 누렸던 좋은 평판을 유지하지 못하고 세상을 떠났다. 소설집으로 『혈흔(血痕)』(1926), 『홍염』(1931) 『탈출기』(1975) 등이 있으며, 1987년 문학과지성사에서 『최서해전집』을 펴냈다.

줄거리

나는 집으로 돌아올 것을 권하는 김군의 편지를 수차례 받았고, 지금 나의 사연을 밝히는 편지를 쓰고 있다.

나는 5년 전 고향을 떠나 어머니와 아내를 데리고 절박한 생활에서 벗어나 새 힘을 얻으려는 희망에 부풀어 부의 천국인 간도로 간다.

나의 꿈은 농사를 지어 배불리 먹고 깨끗한 초가나 지어 글도 읽고 무지한 농민들을 가르쳐서 이상촌을 만들려는 것이다. 그러나 간도에 들어가서 한 달이 못되어 나는 자신의 이상이 물거품이었음을 알게 된다.

간도의 H라는 시골에서 셋방살이를 시작하게 된 나는 농사를 지으려고 밭을 구한다. 그러나 빈땅이 없다. 돈이 떨어지고 일자리를 얻지 못한 나는 가난 속에서도 어떻게든지 살려고 바둥거린다. 나는 닥치는 대로 아무 일이나 한다. 나는 사랑하는 늙은 어머니와 아내가 배를 주리고 남의 멸시를 받는 것에 견딜 수 없게 된다. 한번은 일거리를 찾아서 헤매다가 집에 돌아와서 임신한 아내가 부엌 앞에서 무엇인가를 먹고 있는 장면을 목격한다. 나는 어머니보다는 자신을 먼저 생각하는 아내의 행위에 일종의 배신감을 느낀다. 아내를 원망하면서 나는 아내가 뛰쳐 나간 뒤 아궁이를 뒤져 보다가 귤껍질을 발견하고 부끄럽고 안쓰러운 생각을 한다. 나는 눈물을 흘리면서 임신한 아내를 측은하게 생각하고 아내와 함께 운다.

가을이 되자 나는 대구어 장사를 하여 바꾸어 온 콩 열말로 두부를 만든다. 산후의 몸조리를 해야할 아내는 힘든 맷돌질을 한다. 서투른 일이라 만들어 놓은 두부가 곧잘 쉰다. 그렇게 되면 집안은 온통 비참한 분위기가 되고 집안 식구들은 쉰두부와 썩은 두부로 연명한다. 아내와 나는 두부를 만들기 위해 밤에 산임자 몰래 산으로 올라가서 땔나무를 하다가 경찰서에 도벌 혐의로 잡혀간 적이 한두 번이 아니다.

작품 분석

「탈출기」는 최학송 자신의 경험을 그려내는 자전적 소설로, 동시대의 문학인들로부터 체험문학의 걸작이라고 평가되었다. 가난에 시달리다 못해 고국을 등지고 간도 땅으로 살길을 찾아 나섰던 빈농이 차디찬 현실에 의해 꿈이 좌절당하는 과정과 1920년대를 전후한 수난사의 한 단면을 박진감있게 그려내고 있다. 1920년대 문제작의 하나로 지목받는 「탈출기」는 흔히 자연발생기 프로문학의 대표적 작품으로 거론되기도 하는데, 그 이유는 처절한 빈궁생활을 사실적으로 생생하게 전달하고 있기 때문이다.

이 작품은 서간체 형식을 빌어 1인칭 서술자 시점으로 이야기를 이끌어가고 있는데, 화자인 '박' 이 친구 '김' 의 편지에 답하면서 간도의 생활의 어려움과 민족적 이질감을 토로하고 사회주의 전선에 뛰어들게 된 이유를 설명하고 있다. 서간체 형식이 도입된 것은 소설이 일반적으로 지닌 허구성보다는 서간문이 지니는 사실성에 입각하여 주제를 전달하려는 작가의 의도로 보여진다.

주인공 박 군은 가난 때문에 새로운 땅 간도로 향한다. 새로운 희망에 부풀어 떠나지만, 무서운 인간고(人間苦)를 느끼고 절망에 빠진다. 생존을 위해 할 수 있는 일은 다 해 본다. 그러나 번번이 실패로 돌아가고, 비로소 화자는 가난이 개인의 문제에서 발생하거나 불가항력적인 성격을 띤 것이 아님을 깨닫고, 이 험악한 공기의 원류를 쳐부수기 위해서 XX 단에 들어가게 된다. 평범하고 순진하고 부지런한 사람이었던 박 군이 현실의 여러 가지 제도적 모순으로 인해 마침내 사회적 항거의 길을 나서게 된다는 것, 이것이 작가가 당대의 민족에게 던지는 메시지이다. 이런 점에서 여타의 소설들이 사회문제를 낭만적으로 극복하는 양식을 가진 것에 비해, 상당히 치밀하고 투철한 현실과 역사의식으로 대처한 것으로써 신경향 문학의 성격을 정확히 집어낸 소설이라고 할 수 있다.

작품 개요

출전 : 〈조선문단〉 (1925년).
구성 : 서간문 형식의 역행적 구성.
시점 : 1인칭 주인공 시점.
주제 : 식민지하의 가난한 삶의 고발과 부조리한 사회에 대한 저항.
표현의 성격 : 신경향파 소설.

주요 인물 분석

나(박 군) : 주인공. 고향을 떠나 간도에서 생활고에 시달리다 탈가(脫家)한 가난한 지식인. 현실의 모순을 개혁하기 위해 XX단에 가입한다.
아내 : 순박하고 수줍음을 잘 타는 전통적인 시골 여인.
어머니 : 전형적 모성(母性)의 여인.

시간과 공간

시간 : 일제 치하.
공간 : 만주의 간도 지방.

탈출기(脫出記)

1

　김 군! 수삼차 편지는 반갑게 받았다. 그러나 한 번도 회답지 못하였다. 물론 군의 충정에는 나도 감사를 드리지만 그 충정을 나는 받을 수 없다.
　박 군! 나는 군의 탈가(脫家)[1]를 찬성할 수 없다. 음험한 이역[2]에 늙은 어머니와 어린 처자를 버리고 나선 군의 행동을 나는 찬성할 수 없다. 박 군! 돌아가라. 어서 집으로 돌아가라. 군의 부모와 처자가 이역 노두에서 방황하는 것을 나는 눈앞에 보는 듯싶다. 그네들의 의지할 곳은 오직 군의 품밖에 없다. 군은 그네들을 구하여야 할 것이다.
　군은 군의 가정에서 동량(棟樑)[3]이다. 동량이 없는 집이 어디 있으랴? 조그마한 고통으로 집을 버리고 나선다는 것이 의지가 굳다는 박 군으

---

[1] 탈가(脫家) : 가출.
[2] 이역(異域) : 다른 나라의 땅. 제 고장에서 멀리 떨어진 다른 곳.
[3] 동량(棟樑) : 서까래, 기둥. 동량지재(棟梁之材)의 준말로 한 집안이나 한 나라의 기둥이 될 만한 인물.

로서는 너무도 박약한⁴ 소위이다. 군은 ××단에 몸을 던져 ×선에 섰다는 말을 일전 황 군에게서 듣기는 하였으나, 그렇다 하여도 나는 그것을 시인할 수 없다. 가족을 못 살리는 힘으로 어찌 사회를 건지랴.

　김 군! 군은 이러한 말을 편지마다 썼지? 나는 군의 뜻을 잘 알았다. 사랑하는 나의 가족을 위하여 동정하여 주는 군에게 어찌 감사치 않으랴? 정다운 벗의 충고에 나는 늘 울었다. 그러나 그 충고를 들을 수 없다. 듣지 않는 것이 군에게는 고통이 되는지? 분노가 되는지? 나에게 있어서는 행복일는지도 알 수 없는 까닭이다.

　김 군! 나는 사람이다. 정애(情愛)⁵가 있는 사람이다. 나의 목숨 같은 내 가족이 유린⁶받는 것을 내 어찌 생각지 않으랴? 나의 고통을 제 삼자로서는 만분의 일이라도 느낄 수 없는 것이다. 나는 이제 나의 탈가한 이유를 군에게 말하고자 한다. 여기에 대하여 동정과 비난은 군의 자유이다. 나는 다만 이러하다는 것을 군에게 알릴뿐이다. 나는 이것을 군이 아니면 다른 사람에게라도 알리지 않고는 견딜 수 없는 충동을 받는 까닭이다.

　그러나 나는 단언한다. 군도 사람이어니 나의 말하는 것을 부인치 못하리라.

2

　김 군! 내가 고향을 떠난 것은 5년 전이다. 이것은 군도 아는 사실이

---

4 박약한 : 의지나 체력이 굳세지 못하고 여리다.
5 정애(情愛) : 육친애·부부애와 같은 정겨운 사랑. 따뜻한 사랑.
6 유린(蹂躪) : 남의 권리나 인격을 함부로 짓밟음.

다. 나는 그때에 어머니와 아내를 데리고 떠났다. 내가 고향을 떠나 간도[7]로 간 것은 너무도 절박한 생활에 시들은 몸이 새 힘을 얻을까 하여 새 희망을 품고 새 세계를 동경하여 떠난 것도 군이 아는 사실이다.

 간도는 천부금탕[8]이다. 기름진 땅이 흔하여 어디를 가든지 농사를 지을 수 있고 농사를 지으면 쌀도 흔할 것이다. 삼림이 많으니 나무 걱정도 될 것이 없다. 농사를 지어서 배불리 먹고 뜨뜻이 지내자. 그리고 깨끗한 초가나 지어 놓고 글도 읽고 무지한 농민들을 가르쳐서 이상촌을 건설하리라. 이렇게 하면 간도의 황무지를 개척할 수 있다.

 이것이 간도 갈 때의 내 머릿속에 그리었던 이상이었다. 이때에 나는 얼마나 기뻤으랴! 두만강을 건너고 오랑캐령을 넘어서 망망한 평야와 산천을 바라볼 때 청춘의 내 가슴은 이상의 불길에 탔다. 구수한 내 소리와 헌헌한 내 행동에 어머니와 아내도 기뻐하였다. 오랑캐령을 올라서니 서북으로 쏠려오는 봄 세찬 바람이 어떻게 뺨을 갈기는지,

 "에그, 춥구나! 여기는 아직도 겨울이군."

 하고 어머니는 수레 위에서 이불을 뒤집어썼다.

 "무얼요, 이 바람을 많이 마셔야 성공이 올 것입니다."

 나는 가장 씩씩하게 말하였다. 이처럼 기쁘고 활기로웠다.

3

 김 군, 그러나 나의 이상은 물거품으로 돌아갔다. 간도에 들어서서

---

7 간도 : 두만강과 압록강 대안지역의 개간지역. 백두산 동쪽과 두만강 대안을 동간도라 부르며, 압록강 대안지역과 송화강 상류지역의 백두산 서쪽을 서간도로 부름.
8 천부금탕 : 하늘이 내려 준 좋은 땅.

한 달이 못 되어서부터 거친 물결은 우리 세 생명의 앞에 기탄없이 몰려왔다.

　나는 농사를 지으려고 밭을 구하였다. 빈 땅은 없었다. 돈을 주고 사기 전에는 한 평의 땅이나마 손에 넣을 수 없었다. 그렇지 않으면 지나인(支那人)[9]의 밭을 도조[10]나 타조[11]로 얻어야 한다. 일 년 내 중국 사람에게서 양식을 꾸어먹고 도조나 타조를 얻는대야 일 년 양식 빚도 못될 것이고 또 나 같은 시로도(아마추어)에게는 밭을 주지 않았다.

　생소한 산천이요, 생소한 사람들이니, 어디 가 어쩌면 좋을는지? 의논할 사람도 없었다. H라는 촌거리에 셋방을 얻어 가지고 어름어름하는 새에 보름이 지나고 한 달이 넘었다. 그새에 몇 푼 남았던 돈은 다 불려먹고 밭은 고사하고 일자리도 못 얻었다. 나는 팔을 걷고 나섰다. 이리저리 돌아다니면서 구들도 고쳐 주고 가마도 붙여 주었다. 이리하여 호구하게 되었다. 이때 H장에서는 나를 온돌장이(구들 고치는 사람)라고 불렀다. 갈아입을 의복이 없는 나는 늘 숯검정이 꺼멓게 묻은 의복을 벗을 새가 없었다.

　H장은 좁은 곳이다. 구들 고치는 일도 늘 있지 않았다. 그것으로 밥 먹기가 어려웠다. 나는 불볕에 삯김[12]도 매고 꼴[13]도 베어 팔았다. 그리고 어머니와 아내는 삯방아 찧고 강가에 나가서 부스러진 나뭇개비를 주워서 겨우 연명[14]하였다.

　김 군! 나는 이때부터 비로소 무서운 인간고를 느꼈다. 아아, 인생이

9　지나인(支那人) : 중국인.
10　도조(賭租) : 남의 논밭을 빌려서 부치고 그 세(稅)로 해마다 무는 벼.
11　타조 : 타작한 후에 그 수량에 따라 지주가 분량을 정하고 도조로 빼앗아가는 제도.
12　삯김 : 삯을 받고 김을 매는 것.
13　꼴 : 마소에 먹이는 풀.
14　연명(延命) : 목숨을 겨우 이어 살아감.

란 과연 이렇게도 괴로운 것인가 하는 것을 나는 생각하게 되었다. 나는 나에게 닥치는 풍파 때문에 눈물 흘린 일은 이때까지 없었다. 그러나 어머니가 나무를 줍고 젊은 아내가 삯방아를 찧을 때 나의 피는 끓었으며 나의 눈은 눈물에 흐려졌다.

"에구, 차라리 내가 드러누워 앓고 있지, 네 괴로워하는 꼴은 차마 못 보겠다."

이것은 언제 내가 병들어 신음할 때에 어머니가 울면서 하신 말씀이다. 이것을 무심히 들었던 나는 이때에야 이 말의 참뜻을 느꼈다.

"아아, 차라리 나의 고기가 찢어지고 뼈가 부서지는 것은 참을 수 있으나, 내 눈앞에서 사랑하는 늙은 어머니와 아내가 배를 주리고 남의 멸시를 받는 것은 참으로 견디기 어렵구나."

나는 이렇게 여러 번 가슴을 쳤다. 나는 밤이나 낮이나, 비 오나 바람이 치나 헤아리지 않고 삯김, 삯심부름, 삯나무, 무엇이든지 가리지 않았다.

"오늘도 배고프겠구나, 아침도 변변히 못 먹고······. 나는 너 배 주리지 않는 것을 보았으면 죽어도 눈을 감겠다."

내가 삯일을 하다가 늦게 돌아오면 어머니는 우실 듯이 말씀하셨다. 그러나 나는 흔연하게,

"배는 무슨 배가 고파요." 하고 대답하였다.

내 아내는 늘 별 말이 없었다. 무슨 일이든지 시키는 대로 다소곳하게 아무 소리 없이 순종하였다. 나는 그것이 더욱 불쌍하게 생각된다. 나는 어머니보다도 아내 보기가 퍽 부끄러웠다.

"경제의 자립도 못 되는 내가 왜 장가를 들었누?"

이것이 부모의 한 일이었지만 나는 이렇게도 탄식하였다. 그럴수록 아내에게 대하여 황공하였고 존경하였다.

'어떻게 하면 살 수 있을까……?'

이러한 생각은 이때 내 머리를 몹시 때렸다. 이때 나에게 부지런한 자에게 복이 온다 하는 말이 거짓말로 생각되었다. 그 말을 지상의 격언으로 굳게 믿어 온 나는 그 말에 도리어 일종의 의심을 품게 되었고 나중엔 부인까지 하게 되었다.

부지런하다면 이때 우리처럼 부지런함이 어디 있으며 정직하다면 이때 우리 식구같이 정직함이 어디 있으랴? 그러나 빈곤은 날로 심하였다. 이틀 사흘 굶는 적도 한두 번이 아니었다. 한 번은 이틀이나 굶고 일자리를 찾다가 집으로 들어가 보니 부엌 앞에서 아내가(아내는 이때에 아이를 배어서 배가 남산 만하였다.) 무엇을 먹다가 깜짝 놀랐다. 그리고 손에 쥐었던 것을 얼른 아궁이에 집어넣는다. 이때 불쾌한 감정이 내 가슴에 떠올랐다.

'무얼 먹을까? 어디서 무엇을 얻었을까? 무엇이기에 어머니와 나 몰래 먹누? 아! 여편네란 그런 것이로구나! 아니, 그러나 설마……. 그래도 무엇을 먹던데…….'

나는 이렇게 아내를 의심도 하고 원망도 하고 밉게도 생각하였다. 아내는 아무런 말없이 어색하게 머리를 숙이고 앉아 씩씩하다가 밖으로 나간다. 그 얼굴은 좀 붉었다.

아내가 나간 뒤에 아내가 먹다 던진 것을 찾으려고 아궁이를 뒤지었다. 싸늘하게 식은 재를 막대기에 뒤져내니 벌건 것이 눈에 띄었다. 나는 그것을 집었다. 그것은 귤껍질이다. 거기에 베어 먹은 잇자국이 났다. 귤껍질을 쥔 나의 손은 떨리고 잇자국을 보고 내 눈에는 눈물이 괴었다.

김 군! 이때 나의 감정을 어떻게 표현하면 적당할까?

'오죽 먹고 싶었으면 길바닥에 내던진 귤껍질을 주워 먹을까. 더욱 몸비잖은[15] 그가. 아아, 나는 사람이 아니다. 그러한 아내를 의심하였구나! 이놈이 어찌하여 그러한 아내에게 불평을 품었는가. 나 같은 잔악한 놈이 어디 있으랴. 내가 양심이 부끄러워서 무슨 면목으로 아내를 볼까?……'

이렇게 생각하면서 나는 느껴 가며 눈물을 흘렸다. 귤 껍질을 쥔 채로 이를 악물고 울었다.

"야, 어째서 우느냐. 일어나거라. 우리도 살 때 있겠지. 늘 이러겠느냐."

하면서 누가 어깨를 친다. 나는 그것이 어머니인 것을 알았다.

"아이구 어머니, 나는 불효외다."

하면서 어머니의 팔을 안고 자꾸자꾸 울고 싶었다. 그러나 나는 아무 소리 없이 가슴을 부둥켜안고 밖으로 나갔다.

"내가 왜 우노? 울기만 하면 무엇 하나? 살자! 살자! 어떻게든 살아 보자! 내 어머니와 아내도 살아야 하겠다. 이 목숨이 있는 때까지 벌어 보자!"

나는 이를 갈고 주먹을 쥐었다. 그러나 눈물은 여전히 흘렀다. 아내는 말없이 울고 서 있는 내 곁에 와서 손으로 치마끈을 만지작거리며 눈물을 떨어뜨린다. 농삿집에서 자라난 아내는 지금도 어찌 수줍은지 내가 울면 같이 울기는 하여도 어떻게 말로 위로할 줄은 모른다.

4

김 군! 세월은 우리를 위하여 여름을 항시 주지는 않았다.

서풍이 불고 서리가 내리기 시작하였다. 찬 기운은 헐벗은 우리를 위

---

15 몸비잖은 : 임신한.

협하였다. 가을부터 나는 대구어(大口漁) 장사를 하였다. 삼 원을 주고 대구 열 마리를 사서 등에 지고 산골로 다니면서 콩[大豆]과 바꾸었다. 그러나 대구 열 마리는 등에 질 수 있었으나 대구 열 마리를 주고받은 콩 열 말은 질 수가 없었다. 나는 하는 수 없이 삼사십 리나 되는 곳에서 두 말씩 두 말씩 사흘 동안이나 져 왔다. 우리는 열 말이나 되는 콩을 자본 삼아 두부 장사를 시작하였다.

아내와 나는 진종일 맷돌질을 하였다. 무거운 맷돌을 돌리고 나면 팔이 뚝 떨어지는 듯하였다.

내가 이렇게 괴로울 적에 해산한 지 며칠 안 되는 아내의 괴로움이야 어떠하였으랴? 그는 늘 낯이 부석부석하였다. 그래도 나는 무슨 불평이 있는 때면 아내를 욕하였다. 그러나 욕한 뒤에는 곧 후회하였다. 콧구멍만한 부엌방에 가마를 걸고 맷돌을 놓고 나무를 들이고 의복가지를 걸고 하면 사람은 겨우 비비고 들어앉게 된다. 뜬 김에 문창은 떨어지고 벽은 눅눅하였다. 모든 것이 후줄근하여 의복을 입은 채 미지근한 물 속에 들어앉은 듯하였다. 어떤 때는 애써 갈아놓은 비지가 이 뜬 김 속에서 쉬어 버렸다. 두붓물이 가마에서 몹시 끓어 번질 때에 우윳빛 같은 두붓물 위에 버터빛 같은 노란 기름이 엉기면 그것은 두부가 될 징조다. 우리는 안심한다.

그러나 두붓물이 희멀끔해지고 기름기가 돌지 않으면 거기만 시선을 쏘고 있는 아내의 낯빛부터 글러가기[16] 시작한다. 초를 쳐보아서 두붓발이 서지 않게 메케지근하게 풀려질 때에는 우리의 가슴은 덜컥 한다.

"또 쉰 게로구나! 저를 어쩌누?"

젖을 달라구 빽빽 우는 어린아이를 안고 서서 두붓물만 들여다보시는

---

16 그르다 : 될 가망이 없다.

어머니는 목 메인 말씀을 하시면서 우신다. 이렇게 되면 온 집안은 신산하여 말할 수 없는 울음, 비통, 처참, 소조(蕭條)[17]한 분위기에 싸인다.

"너 고생한 게 애닯구나! 팔이 부러지게 갈아서……. 그거(두부)를 팔아서 장을 보려고 태산같이 바랬더니……."

어머니는 그저 가슴을 뜯으면서 우신다. 아내도 울 듯 울 듯 머리를 숙인다. 그 두부를 판대야 큰돈은 못 된다. 기껏 남는대야 23전이나 30전이다. 그것으로 우리는 호구[18]를 한다. 20전이나 30전에 어머니는 운다. 아내도 기운이 준다. 나까지 가슴이 바짝바짝 졸인다.

그날은 하는 수 없이 쉰 두붓물로 때를 메우고 지냈다. 아이는 젖을 달라고 밤새껏 빽빽거린다. 우리의 살림에 어린애도 귀치는 않았다.

5

울면서 겨자 먹기로 괴로운 대로 또 두부를 하지 않으면 안 된다. 그러나 이번에는 땔나무가 없다. 나는 낫[鎌]을 들고 떠난다. 내가 낫을 들고 떠나면 산후 여독[19]으로 신음하는 아내도 낫을 들고 말없이 나를 따라나선다. 어머니와 나는 굳이 만류하나 아내는 듣지 않는다. 내 손으로 하는 나무이언만 마음 놓고는 못한다. 산 임자에게 들키면 여간한 경[20]을 치지 않는다. 그러므로 우리는 황혼이면 산에 가서 나무를 하여 지고 밤이 깊어서 돌아온다. 아내는 이고 나는 지고 캄캄한 밤에 산비탈로 내

---

17 소조(蕭條) : 호젓하고 쓸쓸하다.
18 호구(糊口) : 입에 풀칠을 한다는 뜻으로 '간신히 끼니만 이으며 사는 일'을 비유하여 이르는 말.
19 여독(餘毒) : 채 가시지 않고 남아 있는 독기.
20 경치다 : 호되게 꾸지람을 듣다. 아주 단단히 벌을 받다.

려오다가 발이 미끄러지거나 돌에 채이면 곤두박질을 하여 나뭇짐 속에 든다. 아내는 소리 없이 이었던 나무를 내려놓고 나뭇짐에 눌려서 버둥거리는 나를 겨우 끄집어 일으킨다. 그러나 내가 나뭇짐을 지고 일어나면 아내는 혼자 나뭇짐을 이지 못한다. 또 내가 나뭇짐을 벗고 아내에게 이워 주면 나는 추어주는 이 없이는 나뭇짐을 질 수가 없었다. 하는 수 없이 나는 어떤 높은 바위에 벗어 놓고 아내에게 이워 준다. 이리하여 산비탈을 내려오면 언제 왔는지 어머니는 애를 업고 우둘우둘 떨면서 산 아래서 기다리다가도,

"인제 오니? 나는 너 또 붙들리지 않는가 하여 혼이 났다."

하신다. 이때마다 내 가슴은 저렸다. 나는 이렇게 나무를 하다가 중국 경찰서에 잡혀 가서 여러 번 맞았다.

이때 이웃에서는 우리를 조소하고 경찰에서는 우리를 의심하였다.

"응, 신수가 멀쩡한 연놈들이 그 꼴이야. 어디 가 일자리도 구하지 않고 그 눈이 누래서 두부장사 하는 꼬락서니는 참 더러워서 못 보겠네. ×알을 달고 나서 그렇게야 살리? ······."

이것은 이웃 남녀가 비웃는 소리였다. 그리고 어떤 산 임자가 나무 잃고 고발을 하면 경찰서에서는 불문곡직[21]하고 우리 집부터 수색하고 질문하면서 나를 때린다. 그러나 나는 호소할 곳이 없다.

6

김 군! 이러구러 겨울은 점점 깊어가고 기한은 점점 박두하였다. 일자

---

[21] 불문곡직(不問曲直) : 옳고 그름을 묻지 아니함.

리는 없고······, 그렇다고 손을 털고 앉아 있을 수도 없었다. 모든 식구가 퍼러퍼레서 굶고 앉은 꼴을 나는 그저 볼 수 없었다. 시퍼런 칼이라도 들고 하루라도 괴로운 생을 모면하도록 쿡쿡 찔러 없애고 나까지 없어지든지, 나가서 강도질이라도 하여서 기한[22]을 면하든지 하는 수밖에는 더 도리가 없게 절박하였다.

나는 일이 없으면 없느니만큼, 고통이 닥치면 닥치느니만큼 내 번민은 크다. 나는 어떤 날은 거의 얼빠진 사람처럼 눈을 감고 깊은 생각에 잠긴 일도 있었다. 이때 머릿속에서는 머리를 움실움실 드는 사상이 있었다(오늘날에 생각하면 그것은 나의 전 운명을 결정할 사상이었다.).

그 생각은 누구의 가르침에 의해 일어난 것도 아니려니와 일부러 일으키려고 애써서 일어난 것도 아니다. 봄 풀 쑥같이 내 머릿속에서 점점 머리를 들었다.

나는 여태까지 세상에 대하여 충실하였다. 어디까지든지 충실하려고 하였다. 내 어머니, 내 아내까지도······. 뼈가 부서지고 고기가 찢기더라도 충실한 노력으로써 살려고 하였다. 그러나 세상은 우리를 속였다. 우리의 충실을 받지 않았다. 도리어 충실한 우리를 모욕하고 멸시하고 학대하였다.

우리는 여태까지 속아 살았다. 포악하고 허위스럽고 요사한 무리를 용납하고 옹호하는 세상인 것을 참으로 몰랐다. 우리뿐 아니라 세상의 모든 사람들도 그것을 의식치 못하였을 것이다. 그네들은 그러한 세상의 분위기에 취하였다. 나는 이때까지 취하였었다. 우리는 우리로서 살아 온 것이 아니라 어떤 험악한 제도의 희생자로서 살아 왔었다······.

김 군! 나는 사람들을 원망치 않는다. 그러나 마주(魔酒)에 취하여 자

---

[22] 기한(飢寒·饑寒) : 굶주림과 추위.

기의 피를 짜 바치면서도 깨지 못하는 사람을 그저 볼 수 없다. 허위와 요사와 표독과 게으른 자를 옹호하고 용납하는 이 제도는 더욱 그저 둘 수 없다.

 이 분위기 속에서는 아무리 노력하여도 우리는 우리의 생의 만족을 느낄 날이 없을 것이다. 어찌하여 겨우 연명을 한다 하더라도 죽지 못하는 삶이 될 것이요, 그 영향은 자식에까지 미칠 것이다. 나는 어미 품속에서 빽빽 하는 어린것의 장래를 생각할 때면 애잡짤한 감정과 분함을 금할 수 없다. 내가 늘 이 상태면(그것은 거의 정한 이치다.) 그에게는 상당한 교양은 고사하고 다리 밑이나 남의 집 문간에 버리게 될 터이니, 아! 삶을 받을 만한 생명을 죄 없이 찌그러지게 하는 것이 어찌 애달프지 않으며 분치 않으랴? 그렇다면 그것을 나의 죄라 할까?

 김 군! 나는 더 참을 수 없었다. 나는 나부터 살려고 한다. 이때까지는 최면술에 걸린 송장이었다. 제가 죽은 송장으로 남(식구)들을 어지 살리랴. 그러려면 나는 나에게 최면술을 걸려는 무리를, 험악한 이 공기의 원류를 쳐부수어야 하는 것이다.

 나는 이것을 인간의 생의 충동이며 확충이라고 본다. 나는 여기서 무상의 법열[23]을 느끼려고 한다. 아니 벌써부터 느껴진다. 이 사상이 나로 하여금 집을 탈출케 하였으며, ××단에 가입케 하였으며, 비바람 밤낮을 헤아리지 않고 벼랑 끝보다 더 험한 ×선에 서게 한 것이다.

 김 군! 거듭 말한다. 나도 사람이다. 양심을 가진 사람이다. 내가 떠나는 날부터 식구들은 더욱 곤경에 들 줄도 나는 알았다. 자칫하면 눈 속이나 어느 구렁에서 죽는 줄도 모르게 굶어죽을 줄도 나는 잘 안다. 그러므로 나는 이곳에서도 남의 집 행랑어멈이나 아범이며, 노두에 방황

---

23 법열(法悅) : 깊은 이치를 깨달았을 때의 사무치는 기쁨.

리는 없고……, 그렇다고 손을 털고 앉아 있을 수도 없었다. 모든 식구가 퍼러퍼레서 굶고 앉은 꼴을 나는 그저 볼 수 없었다. 시퍼런 칼이라도 들고 하루라도 괴로운 생을 모면하도록 쿡쿡 찔러 없애고 나까지 없어지든지, 나가서 강도질이라도 하여서 기한[22]을 면하든지 하는 수밖에는 더 도리가 없게 절박하였다.

나는 일이 없으면 없느니만큼, 고통이 닥치면 닥치느니만큼 내 번민은 크다. 나는 어떤 날은 거의 얼빠진 사람처럼 눈을 감고 깊은 생각에 잠긴 일도 있었다. 이때 머릿속에서는 머리를 움실움실 드는 사상이 있었다(오늘날에 생각하면 그것은 나의 전 운명을 결정할 사상이었다.).

그 생각은 누구의 가르침에 의해 일어난 것도 아니려니와 일부러 일으키려고 애써서 일어난 것도 아니다. 봄 풀 쑥같이 내 머릿속에서 점점 머리를 들었다.

나는 여태까지 세상에 대하여 충실하였다. 어디까지든지 충실하려고 하였다. 내 어머니, 내 아내까지도……. 뼈가 부서지고 고기가 찢기더라도 충실한 노력으로써 살려고 하였다. 그러나 세상은 우리를 속였다. 우리의 충실을 받지 않았다. 도리어 충실한 우리를 모욕하고 멸시하고 학대하였다.

우리는 여태까지 속아 살았다. 포악하고 허위스럽고 요사한 무리를 용납하고 옹호하는 세상인 것을 참으로 몰랐다. 우리뿐 아니라 세상의 모든 사람들도 그것을 의식치 못하였을 것이다. 그네들은 그러한 세상의 분위기에 취하였었다. 나는 이때까지 취하였었다. 우리는 우리로서 살아 온 것이 아니라 어떤 험악한 제도의 희생자로서 살아 왔었다…….

김 군! 나는 사람들을 원망치 않는다. 그러나 마주(魔酒)에 취하여 자

---

[22] 기한(飢寒·饑寒) : 굶주림과 추위.

기의 피를 짜 바치면서도 깨지 못하는 사람을 그저 볼 수 없다. 허위와 요사와 표독과 게으른 자를 옹호하고 용납하는 이 제도는 더욱 그저 둘 수 없다.

　이 분위기 속에서는 아무리 노력하여도 우리는 우리의 생의 만족을 느낄 날이 없을 것이다. 어찌하여 겨우 연명을 한다 하더라도 죽지 못하는 삶이 될 것이요, 그 영향은 자식에까지 미칠 것이다. 나는 어미 품속에서 빽빽 하는 어린것의 장래를 생각할 때면 애잡짤한 감정과 분함을 금할 수 없다. 내가 늘 이 상태면(그것은 거의 정한 이치다.) 그에게는 상당한 교양은 고사하고 다리 밑이나 남의 집 문간에 버리게 될 터이니, 아! 삶을 받을 만한 생명을 죄 없이 찌그러지게 하는 것이 어찌 애달프지 않으며 분치 않으랴? 그렇다면 그것을 나의 죄라 할까?

　김 군! 나는 더 참을 수 없었다. 나는 나부터 살려고 한다. 이때까지는 최면술에 걸린 송장이었다. 제가 죽은 송장으로 남(식구)들을 어지 살리랴. 그러려면 나는 나에게 최면술을 걸려는 무리를, 험악한 이 공기의 원류를 쳐부수어야 하는 것이다.

　나는 이것을 인간의 생의 충동이며 확충이라고 본다. 나는 여기서 무상의 법열[23]을 느끼려고 한다. 아니 벌써부터 느껴진다. 이 사상이 나로 하여금 집을 탈출케 하였으며, ××단에 가입케 하였으며, 비바람 밤낮을 헤아리지 않고 벼랑 끝보다 더 험한 ×선에 서게 한 것이다.

　김 군! 거듭 말한다. 나도 사람이다. 양심을 가진 사람이다. 내가 떠나는 날부터 식구들은 더욱 곤경에 들 줄도 나는 알았다. 자칫하면 눈 속이나 어느 구렁에서 죽는 줄도 모르게 굶어죽을 줄도 나는 잘 안다. 그러므로 나는 이곳에서도 남의 집 행랑어멈이나 아범이며, 노두에 방황

---

23 법열(法悅) : 깊은 이치를 깨달았을 때의 사무치는 기쁨.

리는 없고……, 그렇다고 손을 털고 앉아 있을 수도 없었다. 모든 식구가 퍼러퍼레서 굶고 앉은 꼴을 나는 그저 볼 수 없었다. 시퍼런 칼이라도 들고 하루라도 괴로운 생을 모면하도록 쿡쿡 찔러 없애고 나까지 없어지든지, 나가서 강도질이라도 하여서 기한[22]을 면하든지 하는 수밖에는 더 도리가 없게 절박하였다.

나는 일이 없으면 없느니만큼, 고통이 닥치면 닥치느니만큼 내 번민은 크다. 나는 어떤 날은 거의 얼빠진 사람처럼 눈을 감고 깊은 생각에 잠긴 일도 있었다. 이때 머릿속에서는 머리를 움실움실 드는 사상이 있었다(오늘날에 생각하면 그것은 나의 전 운명을 결정할 사상이었다.).

그 생각은 누구의 가르침에 의해 일어난 것도 아니려니와 일부러 일으키려고 애써서 일어난 것도 아니다. 봄 풀 쑥같이 내 머릿속에서 점점 머리를 들었다.

나는 여태까지 세상에 대하여 충실하였다. 어디까지든지 충실하려고 하였다. 내 어머니, 내 아내까지도……. 뼈가 부서지고 고기가 찢기더라도 충실한 노력으로써 살려고 하였다. 그러나 세상은 우리를 속였다. 우리의 충실을 받지 않았다. 도리어 충실한 우리를 모욕하고 멸시하고 학대하였다.

우리는 여태까지 속아 살았다. 포악하고 허위스럽고 요사한 무리를 용납하고 옹호하는 세상인 것을 참으로 몰랐다. 우리뿐 아니라 세상의 모든 사람들도 그것을 의식치 못하였을 것이다. 그네들은 그러한 세상의 분위기에 취하였었다. 나는 이때까지 취하였었다. 우리는 우리로서 살아 온 것이 아니라 어떤 험악한 제도의 희생자로서 살아 왔었다…….

김 군! 나는 사람들을 원망치 않는다. 그러나 마주(魔酒)에 취하여 자

---

[22] 기한(飢寒·饑寒): 굶주림과 추위.

기의 피를 짜 바치면서도 깨지 못하는 사람을 그저 볼 수 없다. 허위와 요사와 표독과 게으른 자를 옹호하고 용납하는 이 제도는 더욱 그저 둘 수 없다.

이 분위기 속에서는 아무리 노력하여도 우리는 우리의 생의 만족을 느낄 날이 없을 것이다. 어찌하여 겨우 연명을 한다 하더라도 죽지 못하는 삶이 될 것이요, 그 영향은 자식에까지 미칠 것이다. 나는 어미 품속에서 빽빽 하는 어린것의 장래를 생각할 때면 애잡짤한 감정과 분함을 금할 수 없다. 내가 늘 이 상태면(그것은 거의 정한 이치다.) 그에게는 상당한 교양은 고사하고 다리 밑이나 남의 집 문간에 버리게 될 터이니, 아! 삶을 받을 만한 생명을 죄 없이 찌그러지게 하는 것이 어찌 애달프지 않으며 분치 않으랴? 그렇다면 그것을 나의 죄라 할까?

김 군! 나는 더 참을 수 없었다. 나는 나부터 살려고 한다. 이때까지는 최면술에 걸린 송장이었다. 제가 죽은 송장으로 남(식구)들을 어지 살리랴. 그러려면 나는 나에게 최면술을 걸려는 무리를, 험악한 이 공기의 원류를 쳐부수어야 하는 것이다.

나는 이것을 인간의 생의 충동이며 확충이라고 본다. 나는 여기서 무상의 법열[23]을 느끼려고 한다. 아니 벌써부터 느껴진다. 이 사상이 나로 하여금 집을 탈출케 하였으며, ××단에 가입케 하였으며, 비바람 밤낮을 헤아리지 않고 벼랑 끝보다 더 험한 ×선에 서게 한 것이다.

김 군! 거듭 말한다. 나도 사람이다. 양심을 가진 사람이다. 내가 떠나는 날부터 식구들은 더욱 곤경에 들 줄도 나는 알았다. 자칫하면 눈 속이나 어느 구렁에서 죽는 줄도 모르게 굶어죽을 줄도 나는 잘 안다. 그러므로 나는 이곳에서도 남의 집 행랑어멈이나 아범이며, 노두에 방황

---

23 법열(法悅) : 깊은 이치를 깨달았을 때의 사무치는 기쁨.

하는 거지를 무심히 보지 않는다. 아! 나의 식구도 그럴 것을 생각할 때면 자연히 흐르는 눈물과 뿌직뿌직 찢기는 가슴을 덮쳐잡는다.

그러나 나는 이를 갈고 주먹을 쥔다. 눈물을 아니 흘리려고 하며 비애에 상하지 않으려고 한다. 울기에는 너무도 때가 늦었으며 비애에 상하는 것은 우리의 박약을 너무도 표시하는 듯싶다. 어떠한 고통이든지 참고 분투하려고 한다.

김 군! 이것이 나의 탈가한 이유를 대략 적은 것이다. 나는 나의 목적을 이루지 전에는 내 식구에게 편지도 하지 않으려고 한다. 그네가 죽어도, 내가 또 죽어도…….

나는 이러다가 성공 없이 죽는다 하더라도 원한이 없겠다. 이 시대, 이 민중의 의무를 이행한 까닭이다.

아아, 김 군아! 말을 다하였으나 정은 그저 가슴에 넘치는구나!